新編、亞森・羅蘋

Arsène Lupin

之4 奇案密碼

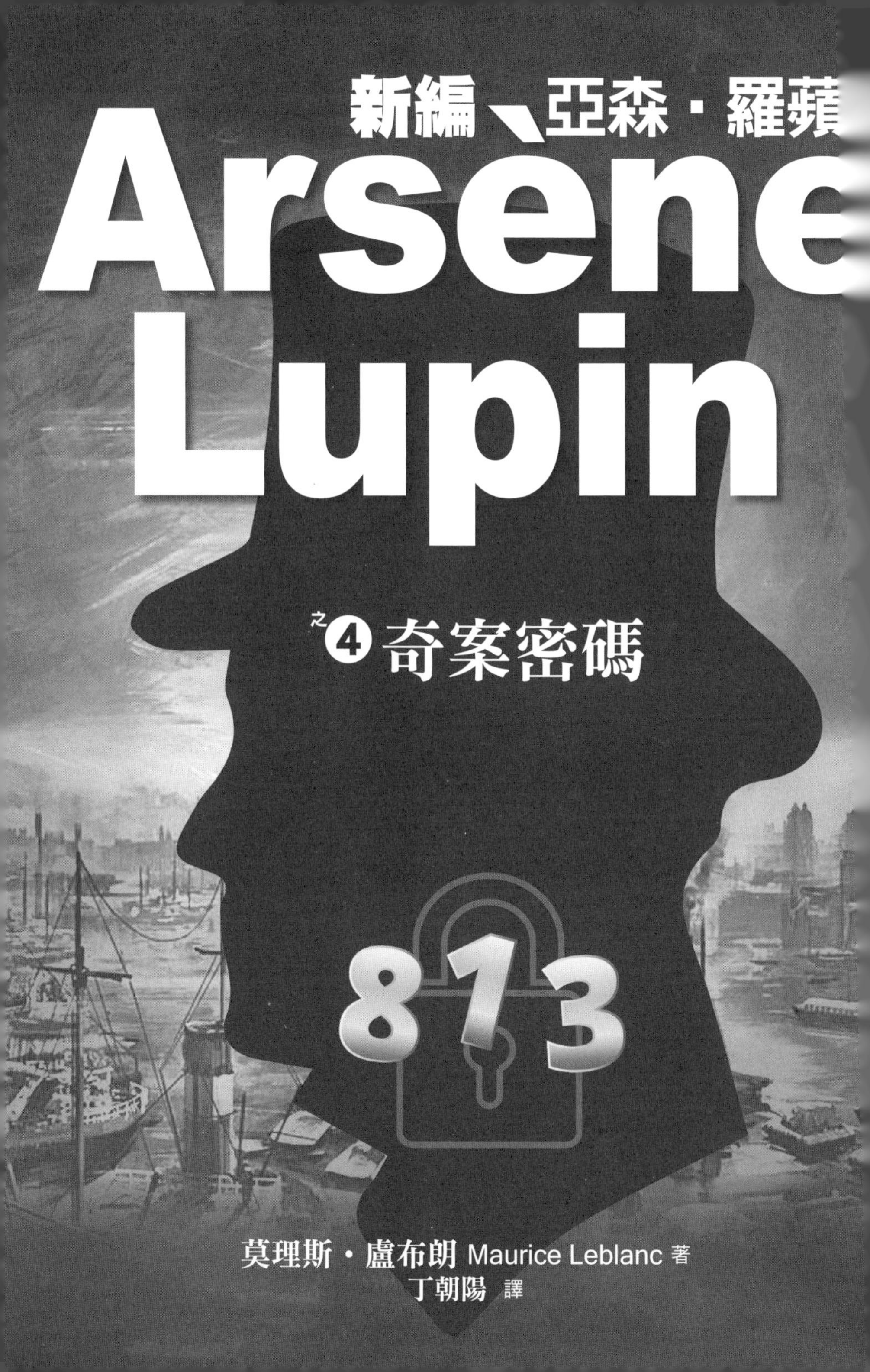

莫理斯・盧布朗 Maurice Leblanc 著
丁朝陽 譯

目錄
contents

序　史上最迷人的神偷大盜　朱墨菲　5

一　鑽石大王　9

二　亞森・羅蘋　14

三　第一個犧牲者　27

四　香菸盒　35

五　第二個犧牲者　39

六　第三個犧牲者　44

七　意外的推測　48

八　變生肘腋　60

九　8・1・3　68

十　俄羅斯公爵　85

十一　薄命詩人　90

十二 重生 103
十三 三個秘密 113
十四 親王呂亞賽 119
十五 老人伊南百 130
十六 落入陷阱 136
十七 卡世白夫人 148
十八 行刺 160
十九 一箭雙鵰 166
二十 活躍的惡魔 175
二十一 身陷囹圄 182
二十二 能特科長 190
二十三 老人遇害 202

目錄 contents

二十四　貴客　207
二十五　赴德　214
二十六　初露曙光　219
二十七　舊日記　224
二十八　密寶出現　229
二十九　又一個犧牲者　234
三十　亞列特男爵的真實姓名　238
三十一　妙計敗群賊　249
三十二　重墜疑雲　261
三十三　真相　272
三十四　了結　278
三十五　尾聲　285

序

史上最迷人的神偷大盜

朱墨菲

對所有喜愛犯罪推理的小說迷來說，書中那個擁有過人智慧、總是能一語道破案情關鍵的大偵探，無疑是全書的靈魂人物。

細數大眾耳熟能詳、鼎鼎有名的幾個大偵探，除了柯南・道爾所著《福爾摩斯探案全集》中的夏洛克・福爾摩斯；艾嘉莎・克莉斯蒂系列作品中的白羅和瑪波小姐，以及日本人氣推理動漫《名偵探柯南》外；名氣最大的莫過於法國名作家莫理斯・盧布朗所塑造出來的亞森・羅蘋這個角色了！

莫理斯・盧布朗甫一發表《亞森・羅蘋》就造成了極大的轟動，在全球掀起熱潮，百年來歷久不衰，原因就在於主角亞森・羅蘋行事風格的特立獨行，他頭腦聰慧、心思縝密、風流倜儻、家財萬貫，作風亦正亦邪，而他巧妙百變的身分更是令人目不暇給，無法捉摸，他最擅長的就是化妝術，什麼汽車司機、伯爵親王、走方郎中，這一刻，他是風度翩翩的王公貴族；下一秒，他可能成為出神入化的藝術大盜，每一次的變身都是撲朔迷離，難以預測，也許現在坐在你身邊的那個紳士，就是亞森・羅蘋呢?!正是他的多變造型，令讀者情不自禁地深陷在他的魅力之中。

羅蘋雖然行事離經叛道，但他盜亦有道，替小老百姓伸張正義，在所有的系列故事中，他真正犯案進行盜竊的只有九部！因此人們給他冠上「俠盜」、「怪盜」、「怪盜紳士」等雅號，堪稱史上最有名的世紀大盜。他的劫富濟貧，除了是因為同情下層人民的疾苦，亦是反映了當時社會貧富階級的巨大差異，與許多居上位者為富不仁、道貌岸然的醜陋面貌。

與正經八百、不苟言笑的福爾摩斯不同，流著法國浪漫血統的他，每一次的冒險總有紅粉知己相伴，不論是美國富豪之女、俄國流亡貴族、議員遺孀、女秘書、黑手黨情婦、夜總會中的舞女，每一次歷險都是一次戀愛的開始，也增添了他多情迷人的形象。

羅蘋作案手法高明，既紳士又幽默，既狡猾又機靈，無論是精彩絕倫的鬥智較勁，還是曲折離奇的懸疑情節，都讓喜愛推理小說的亞森迷大呼過癮，更難得的是他面對困境時的從容不迫，在千鈞一髮時靠冷靜思考脫離險境的技巧，每每令讀者驚嘆連連、拍案叫絕！

正因為亞森・羅蘋躍然於紙上的鮮活形象，使他不僅成為西洋偵探小說的雅盜典型，更啟發了無數名家的創作，好比我們就可以從古龍筆下的「盜帥」楚留香的身上一窺羅蘋的影子；或是從日本推理小說之父江戶川亂步創作的《怪人二十面相》、加藤一彥的《魯邦三世》和青山剛昌的《名偵探柯南》等書中找到亞森・羅蘋的原型。當初古龍的《楚留香傳奇》小說及改編的影視紅遍華人世界之時，評論家們大多認為楚留香的人設，來自其時風靡歐美的「〇〇七」情報員龐德；其實，稍一細看，便會發現：楚留香的形象、行徑，主要是取材自亞森・羅蘋。

回顧偵探小說的創始者，首推美國的詩人兼小說家愛倫坡（Allan Poe），在他所寫的驚悚小說裡，將杜賓刻畫成一個精於辨明暗記，善於做心理分析和解剖疑難的人物，愛倫坡也被譽為「偵探推理小說之父」；而將偵探小說發揚光大的，便是英國的柯南・道爾（Conan Doyle）和法國的莫理斯・盧布朗（Maurice Leblanc）了。

盧布朗生於法國巴黎市郊的盧昂，一生共創作了二十部長篇小說和五十篇以上的短篇小說，並曾獲法國政府小說寫作勳章。他從小就立志要走文學之路，高中畢業後，父親要他接手梳毛機的工廠，但他對此毫無興趣，整日躲在廁所裡創作。之後赴巴黎遊學，也未依照父親的希望攻讀法律，卻在報社及出版社工作。一八八七年，他出版了第一本長篇小說《女人》，一九〇〇年成為一名新聞記者。

一九〇三年，盧布朗應發行雜誌《我什麼都知道》的朋友皮耶・拉飛特之邀，請他撰寫偵探小說，向來只寫純文學作品的盧布朗起先並不願意，但因拉飛特再三懇求，於是嘗試創作偵探小說，刊載的第一篇作品就是〈亞森・羅蘋被捕〉，立即造成轟動，引起廣大迴響。「怪盜亞森・羅蘋」這個人物更使他一夕成名，成為揚名全世界的作家。

至一九三四年為止，盧布朗總共寫下超過近三十部「亞森・羅蘋」的系列小說（包含短篇小說集），最知名的有《俠盜亞森・羅蘋》、《怪盜與名偵探》、《八・一・三之謎》、《虎牙》、《消失的王冠》、《水晶瓶塞》、《棺材島之謎》、《金三角》、《八大奇案》、《魔女與羅蘋》、《兩種微笑的女人》、《神探維克多》等等，其中被改編成電影或翻拍成影集的更是不勝枚舉，代表了人們至今仍對他的俠義精神與幽默童心喜好不減。

有鑑於此，本公司特別精選了「亞森・羅蘋」系列中最經典亦最具代表的五個故事以饗讀者，包括《巨盜vs.名探》、《八大懸案》、《七心紙牌》、《奇案密碼》、《怪客軼事》，不論是看過或沒看過「亞森・羅蘋」的讀者，只要翻看本系列，都可以一起徜徉在亞森・羅蘋的奇幻冒險世界裡。

一 鑽石大王

公園旅館四一五號房間，住著一個名叫卡世白的旅客，這時他正站在房門口，一手拉著他的秘書，惶然問道：「瓦馬，誰又到過這裡了？你瞧，我明明是關好了出去的，可是現在已經打開了，所以我知道一定有人進來過了。」

瓦馬道：「你確定關了箱子出門的嗎？但箱子裡也只是些零散的物件罷了。」

卡世白道：「正是，錢袋我已拿出來了，只剩些零散東西，但我們用餐的時候，我確定有人進來過了。」說時取下電話聽筒，喚道：「接警察署。」

不一會兒接通了，便說道：「警察署嗎？煩請刑事科長能特先生聽電話，你只要說卡世白的電話，他就知道了。能特不在嗎？你是誰呢？喔，你是刑事科哥培先生，哥培先生，昨天我和能特談話時，你不是也在嗎？現在就是為了這事，今天又有人在我離開房間時進來過了，請來查看一下，也許有什麼證據還在，唷！在二個鐘點裡便可趕到嗎？好極了，來的時候你只須問一聲四一五號便行了，再會。」

且說這位卡世白先生，綽號叫做鑽石大王，又叫好望角王，是一個擁有上億巨資的德國首富，這次他是往好望角旅行去，在這裡已逗留一星期，他那房間劃分成三部分，兩間較大的作為起居室和臥室，一間對著拉亨街的是秘書瓦馬的臥室，隔壁連著的四間，是卡世白替他夫人租下的，他的夫人現在正暫住在蒙介而等候她丈夫的電話叫她來。

卡世白踱來踱去，像是在想什麼心事，他瞧窗戶是關著的，右邊的露臺已經隔斷，左邊的露臺，正對拉亨街石溝也已壞了，斷然不能從這些地方闖進來，於是他再把臥室和客室都搜查一遍，但總找不到一些蛛絲馬跡。

最後他到秘書的臥室裡去查看，這一室和那替夫人租下的四間是通著的，只是中間的門都上著鎖，這卻太奇怪了，於是說道：「瓦馬，這幾天怪事接二連三地發生，昨天我放手杖的位置變動了，前天我日記本又被翻開著，今天那箱子又打開了……」

瓦馬搶著道：「不會吧！也許是你神經過敏，如果要到這裡來，必須由外面的小客廳通過，那門上的鑰匙，是你到了這裡後才特地訂製的，除了管帳的艾米還有一把外，沒有別人有了，難道你不信任艾米嗎？」

瓦馬說時，態度鎮靜，一點也不擔心的樣子。

卡世白道：「艾米在我這裡已有十多年，他做人很老實，我怎會不信任他，但我們出來吃飯時，他也出來了，這個卻很不妥當，以後我們還是輪流走開吧！」

這時艾米也進來了，卡世白對他說道：「今天除哥培警佐之外，其他的客人都不接見。」

艾米答應著去了。卡世白便把桌子上的一大堆商業上來往的信件一一拆看，有的抄在自己日記本上，有的叫瓦馬答覆，忽然他在桌上發現一根彎曲的細針，忙問瓦馬道：「證據來了，你瞧，這根針是女人用的東西，怎麼會掉到這裡來。」

瓦馬道：「不，這根針是我的。」

卡世白道：「是你的東西？」

瓦馬道：「正是，是我把領結裝在硬領上用的，昨夜在你看書的時候，是我無意中取下來弄彎了的。」

卡世白聽了，神情很是不快，在室內往來不住踱著，後來忽然停住，說道：「瓦馬，你臉上雖然沒表現出來，但心中卻是在嘲笑我，的確，這次我自己也弄不明白了，上次我由好望角遊歷回來的時候，抱有一個偌大的希望，是個很偉大的計畫，在未來的濃霧裡，只有我一人能透視這事的本來面目，這計畫不是你能猜想得到的。這件事並不是為了金錢，是能超過金錢之上的一種大勢力，若這希望能實現，那麼我不但是好望角王，也許還得做比這更大的王呢！從此，一個鐵商的兒子卡世白能和那班素來瞧不起商人的貴紳並駕齊驅了，或許還能超過他們。」

卡世白說了這一大篇話，覺得自己太過分了，便又道：「我近來之所以這樣煩惱，也正為了這個原因，如今有一個比金錢更貴重的思想，潛伏在我的腦中，但這秘密似乎被另一個人知道了，並且跟著我在暗中計算著我，倘真正如此……」

這時，電話鈴鈴作響，卡世白接起問道：「喂！喂！是誰？上校嗎？我是卡世白，有什麼事情沒有？喔，這樣嗎？那麼我等著吧！是嗎？還帶著秘書同來，很好，我正有事要和你商量，喔，都不必擔心，我可以叫秘書和司帳的看守著，不准別人進來就是，再會吧，你快點來。」

電話掛斷後，他對瓦馬道：「瓦馬，馬上有兩位客人要來，你去對艾米說一聲，那警佐當然還得晚點來，你可去知會旅館裡的帳房，說除了這兩位客人和哥培警佐之外，其他的人一個也不要放進來，你叫他記著，兩位客人中有一位叫上校的。」

瓦馬去後，卡世白手裡拿著一只黑色的袋鼠皮箱，正在躊躇著，似乎想藏起來，又苦無地方放。最後他走到火爐架邊，把皮箱塞進去，回身再把桌上的書信整理一番，說道：「喔，有雅莉的信呢！」

於是他捧了愛妻的來信讀道：「今天感覺得很疲乏，只在室中枯坐，不免很焦燥，唉！什麼時候才能回到你的身旁，我等著你叫我動身的電報。」

讀時臉上那副愉快的神情，誰也描述不出來，他捧了那封信，不住狂吻著，說道：「那電報今天早上瓦馬不是已把它拍出了麼，那麼星期三準能到這裡了。」

這時瓦馬做完事進來，卡世白道：「外面誰在按鈴，瓦馬，有人來了，你快去看看是誰。」

說時，艾米已經進來說道：「兩位客人來了，像是一起來的。」

卡世白道：「好，知道了，你把門關上，除了哥培警佐之外，誰都不能進來，瓦馬，你去把客人引進來，我要對上校說話，記著，只要上校一人進來。」

於是，瓦馬和艾米關上門一同出去了，卡世白走到窗前，把頭靠著玻璃，向下面望去，見下面一片春光，路上的汽車、馬車往來馳騁，陽光照在車子的銅器和漆色上，閃閃地射出金光，人行道樹的嫩枝正生著新葉，他暗想道：「這次瓦馬為什麼慢吞吞地，他並不是不會應酬客人的呀！」

卡世白想著，抽著香菸，吸了幾口，忽然門外有一陣奇怪的叫聲，他來不及出去看，眼前已站立著一個人，但是這個人他卻不認識。

二　亞森・羅蘋

那人出現得很奇怪，一轉眼便站在他的面前，卡世白看見這人素昧平生，吃了一驚道：「你是誰？」

那人穿的服裝很簡樸，目光炯炯有神，身體帶著敏捷的姿態，他經卡世白一問，便微露著牙齒，答道：「我嗎？我就是上校呀！」

卡世白道：「你並不是我和他通信具名的上校啊！」

卡世白這時起了懷疑，心想這人到底是誰？到這裡來冒稱上校是什麼目的？於是大呼道：「瓦馬，瓦馬！」

那人道：「做什麼？」

卡世白還不住地呼叫著瓦馬與艾米，那人照樣地問道：「做什麼？」

卡世白道：「讓我過去。」

那人讓步靠在一旁，說道：「隨便你。」

於是卡世白從他面前走過，想去開門，不料嚇得又跳了起來，原來門外有一個拿著手槍的人，這時他連呼叫僕人的聲音都喊不出來，再留心一看，見會客室的一隅，那認為最可靠的司帳和秘書已被綑綁在那裡了，嘴裡還塞著布，不停地在呻吟。

卡世白雖然富於情感，但遇事並不失去理智，他覺得這時十分的危險，便故意裝著吃驚的樣子，向後倒退。把背靠著煙囪邊的牆壁，用手在後面摸著電鈴，用力按著，但那人目光銳利得很，早已瞧見，問道：「響嗎？」

卡世白不顧一切，仍拚命地按著，那人道：「響了嗎？你想按緊急電鈴，使旅館裡造成混亂嗎？啊，那可是不行的，請看，那電線不是早已割斷了嗎？」

卡世白明知已經失敗，但仍強做鎮定，快速轉身，在箱子裡摸出手槍，立刻開了一槍，那人大笑道：「哈哈，怎打不中呀？難道是空的不成？」

卡世白又連開了二槍，那人格格笑道：「偉大的好望角王，請再開三槍，對準我的頭呀！可憐，怎麼子彈沒了。」

說時，把一把椅子放在面前，椅背朝前騎跨坐著，又指著另一把椅子道：「請安心地坐下，可有香菸？」說完，在桌上拿了一支香菸，點火吸著，又道：「多謝你，這真是好菸。來，我們開始談話吧！」

事到如今，卡世白不由得垂頭喪氣，不知此人究竟是何等人物，實在厲害得很，但表面上還強自鎮靜，一點不露出驚慌，很自然地摸出錢包，取出一疊鈔票，問道：「要給你多少？」

那人似乎不了解，他遲疑了一會，喊道：「麥克，這位先生，給你鈔票，你儘管拿了去用吧！」

只見那拿手槍的人走了進來，拿了鈔票便退出去了，那人又道：「現在錢已依你收了，我此來的目的，也不妨老實告訴你吧！我不很喜歡嘮嘮叨叨的多講話，第一，你那只黑色袋鼠皮的懷中小箱，第二，昨天放在那旅行箱裡的那只黑檀木箱，這兩樣東西我都要，你一樣樣的拿出來吧！」

卡世白道：「已經燒掉了。」

那人道：「好，那黑檀木箱呢？」

卡世白道：「也燒掉了。」

那人叫道：「你騙我嗎？」說完，緊抓著卡世白的手臂道：「你昨天到義大利街攸里渥銀行裡去時，大衣下不是藏著一包東西嗎？後來你租了第十六號保險箱，在帳簿上蓋了章，付了租費，等你出來時，它已經不在了，可不是嗎？」

卡世白道：「是的。」

那人道：「那麼那兩個小箱不就在銀行裡了嗎？」

卡世白道：「不對。」

那人叫道：「快交出那保險箱的鑰匙來。」

卡世白道：「不行。」

那人叫了一聲麥克，他便跳了進來，吩咐將他綁起來，卡世白來不及抵抗，被他們用細繩綁在椅子上，兩手也向後反綁著，兩腳綁在椅腳上，不得動彈，一動那繩便嵌入肉裡，痛不可當。

那人又叫道：「搜他的身。」

那名手下便在卡世白身上細搜了一遍，搜出一個扁平的小鑰匙，上刻著「十六」和「九」兩個數字，交給那人，那人又問道：「找到袋鼠皮小箱了嗎？」

手下人道：「沒有。」

那人道：「那一定在保險箱裡了。」回頭對卡世白道：「你把開保險箱的密碼說出來。」

卡世白道：「我不說。」

那人道：「不肯說嗎？麥克你舉起槍，瞄準他的腦袋，把手指扣住扳機。」

麥克依言做了，那人便道：「嗯，卡世白，你還不說嗎？」

卡世白道：「不說。」

那人呼道：「好，那麼我再給你十秒鐘，麥克，倘若他再不說，你便開槍，一，二，三，四，五，六，……卡世白肯說了麼？」

卡世白道：「是雅莉。」

那人反覆地念了幾遍，說道：「很好，原來用你夫人的名字做密碼，麥克你已聽到了，切不可忘記，你快到馬車公司，找了三里陶，把這鑰匙給他，告訴他這個密碼，然後同到銀行裡，讓他一個人進去，在帳簿上簽了名之後，再到地室裡，把保管箱的東西一起拿出來，就可以了。」

麥克道：「倘萬一那密碼是他撒謊，保險箱打不開呢？」

那人道：「所以你須得用電話報告我，倘這密碼不對時，嘿，卡世白，那你的末日可就到了，去吧！」

麥克道：「你呢？」

那人道：「你不用擔心我，我一向身處在危險之中，這些事我毫不擔心，卡世白，今天除了我們兩人外，不是謝絕一切來賓嗎？很好，但這樣地拖延時間，不會有什麼人來嗎？否則我是自投羅網了。」

說時默想了一回，又道：「卡世白，我想不會有人來的……」

話沒說完，外面一陣電鈴聲，那人跳起來，緊按著卡世白的口，說道：「混蛋，你約了人來拜訪你嗎？」

卡世白微露得意的樣子，一面竭力從那人手掌下呼喊著。

那人怒道：「不許聲張，你若大喊，我就掐死你，麥克，快把他的嘴堵住。」

這時電鈴聲更響了，那人便裝著卡世白的聲音叫道：「艾米怎麼不快去開門。」一面輕輕地走進會客室，指著瓦馬和艾米道：「麥克，快把兩人移到臥室裡去，別被人發現了。」於是自己抱了秘書，麥克抱了管帳的進去。

那人又推著麥克道：「好了，你回到客堂中去吧，你只顧假裝寫信好了，客人由我應付。」於是裝著驚呼一聲：「艾米不在這裡呀！主人。」便過去開門。

只見有一個目光靈敏的壯漢，手握著帽邊，站著問道：「這裡可是卡世白的房間？」

那人道：「是的，不知是哪一位？」

來者答道：「剛才卡世白先生打電話給我，所以我來拜訪他。」

那人道：「原來如此，那麼我去通報主人。」

那人回到室內說道：「麥克，危險極了，原來他約哥培警佐到此，你且預備著刀吧！且慢，我有一個巧計，我想哥培和卡世白一定不十分熟識，所以你且裝了卡世白的聲音說吧！」

於是「卡世白」大聲道：「瓦馬，你出去替我道歉，今天我約了哥培先生來，但很對不起，我身體實在不舒服，請他明天早上九點鐘來吧！」

那人便回到客室裡，說道：「先生，很對不起，我的主人突然頭痛起來，並且十分嚴重，有勞你多走一趟，請明天早上九點鐘再來吧！」

哥培像很是懷疑的樣子，那人在暗中緊握了刀，如果哥培一動，便當下了結他的性命。

哥培想了想，覺得無計可施，便道：「既然如此，那也沒辦法，明天早上九點鐘我再來吧！」說完逕自走了。

裡面的麥克笑得什麼似的說道：「這個趕走哥培的妙計，多麼有趣呀！」

那人道：「先別高興，你暗暗跟出去，看他可真的離開旅館了，若是真的，你便可到銀行去了，然後再打電話給我。」

麥克奉命去了，那人拿起水瓶喝個精光，再打溼了手帕，抹了抹頭上的汗珠，又走到卡世白的身旁，說道：「我到現在還沒有報上大名，讓我自己來介紹吧！」說完，便從懷中取出一張名片來，繼續說道：「請聽著，我就是大盜**亞森・羅蘋**。」

卡世白聽了這話，立刻變了臉色，心想：亞森・羅蘋乃是國內一個神出鬼沒的頭等大盜呀！

卡世白聽了亞森・羅蘋這四個字，怕得不得了，法國幾萬的偵探警察都無法捉拿他，他做夢也想不到，這個稀世的大盜會光臨他的住家。

羅蘋和藹地說道：「你怕麼，亞森・羅蘋並不凶惡，也不喜歡見血，所以從沒有殺過人，只是向人們借些錢用用，目前你也沒有性命的危險，但不能就此安心，我雖然饒了你的性命，但你的財產也許就此完了，這個全在你的一句回答上，我可不是和你開玩笑，現在我們來談談吧！」

說時，把椅子靠近卡世白，取出塞在他口中的東西，接著道：「卡世白先生，你到巴黎的那天，就和私人密探社總理顧瑞開交了朋友，這事連你的秘書和管帳的都不知道，因為他的來信署名或是電話，都用這個上校的名義，這人我能證明他的確很正直，因為他的一個社員是我的手下，從這裡我能探知你和顧瑞開的一切秘密交涉，我一得知這個秘密，便很注意你，曾兩度用百合鑰匙趁你走開的時候來搜索過，但總是失敗，於是在今天用這個上校的名義，這樣來拜訪你。」

說到這裡，亞森・羅蘋像是看透卡世白的心事一般，接著道：「你囑咐顧瑞開，說在廣大的巴黎市中，在貧民窟，有一個綽號叫做親王呂亞賽的，你正託他找尋此人，這人的模樣，我已打探得很清楚，身長五尺七寸，留著鬍子，相貌生得很不錯，左手小指尖受過傷，右頰上也略有傷痕，這是他的特徵，你似乎正在竭力找尋他，此人想是對你很有用吧，他到底是誰呢？」

「不知道。」卡世白神情堅決，不肯透露半句。

羅蘋道：「不錯，但你除了對顧氏說的一切之外，總還知道一些呀！」

卡世白又道：「不知道。」

羅蘋道：「你曾兩次從袋鼠皮箱中取出證據來，和顧瑞開商量過。」

卡世白道：「那是有的。」

羅蘋：「那麼那箱子呢？」

卡世白道：「燒掉了。」

羅蘋怒喝道：「燒掉了嗎？不，你絕不可能燒掉的，快說出來，是在攸里渥銀行裡嗎？」

卡世白道：「是的。」

羅蘋道：「你瞧，可不是嗎？那麼裡面有什麼東西？」

卡世白道：「兩百顆最上等的鑽石。」

羅蘋道：「喔，兩百顆上等鑽石嗎？卡世白先生，在你這個好望角王和鑽石王看來是輕微極了，反正你現在那件秘密，可要比他大上幾十倍呢！可不是嗎？但在我……」

羅蘋取了香菸，點上火，低頭默想了一會兒，忽又笑道：「你希望我們的搜尋無效，不開那保管箱，這不能怪你，但你得知道，我們這樣勞心勞力，須得給我們代價呀！有鑽石，哦，我知道了。」

於是他取出表來，一看說道：「呀，怎的已過了半點鐘了，難道進行有阻礙嗎？但你可別高興，因為我是不會空手而歸的。喔，來了。」

果然電話鈴響了，羅蘋取下聽筒，學著卡世白的粗聲道：「是的，我是卡世白，你是接線生嗎？接過來好了，哦，麥克嗎？一切進行照我的計畫辦好了，好極了，什麼，拿到一只黑檀木箱，可有親筆寫的收據？沒有，鑽石倒都是上品，那好極了，且慢，先別掛斷。」說完便轉身向卡世白道：「你愛惜那些鑽石嗎？」

答道：「愛惜。」

羅蘋道：「那麼你出個代價買回吧！」

卡世白點點頭。

羅蘋問道：「出多少，五十萬元好嗎？」

卡世白道：「好的。」

羅蘋道：「那麼就這麼辦吧，明天早上，你到攸里渥銀行去提出全是千元的鈔票，在烏德爾街角上，我把鑽石裝了袋子等你，因那是檀木箱，容易引人注意。」

卡世白忙道：「不能，那木箱得一併交還。」

羅蘋道：「好了，你自己招了，對你而言，那只黑檀木箱比幾百顆鑽石還重要，那也好，明天我從郵局裡送還給你好了。」說完又轉身對聽筒說道：

「喂，麥克，你拿到那箱子了麼，可有什麼特別的機關？象牙嵌成的黑檀木箱，可有什麼記號？小小的圓紙，青色的邊，上面有著號碼，是商店的記號，這些可不必管他，你再查看一遍，箱子可有夾層，那底和那蓋子上嵌象牙處，哦，我提起了那蓋子，卡世白的臉色變了，哈哈，卡世白先生，我雖然一面打電話，但眼睛仍在瞄著你呀！麥克，蓋子的反面可有什麼，嵌著鏡子嗎？這鏡子能不能搖動，可有絞鏈？沒有，那麼你把鏡子打破了，趕快。」

這時在聽筒裡聽見有玻璃的破碎聲，他又問道：「打破了嗎？可有什麼東西嗎？有信札嗎？哦，有信札嗎？那麼你把信念給我聽，先讀信封，什麼，再念一遍『黑袋鼠皮箱內信札的副本』，那麼裡面呢？信紙四摺，摺痕很新，寫些什麼字，『身長五尺七吋，左手小指尖失去半段。』原來是指呂亞賽，大概是卡世白寫的吧！中間還有大字，寫著什麼？ＰＲＯ，麥克，信札和鑽石，你仍把它放好，不要亂動，我和卡世白再談判十分鐘，二十分你開車來接我吧！好了。」

於是電話掛了，羅蘋走到臥室裡，看看綑著的兩個人可曾把繩子弄鬆，又看看有沒有被口裡塞著的東西悶死，然後回到卡世白身邊，用很嚴厲的口吻對他說道：

「卡世白，如果你再瞞我，對你很不利，你也快要死了，還是對我說明了吧！」

卡世白道：「我都不知道。」

羅蘋怒道：「還不說麼，ＰＲＯ是什麼東西？」

卡世白道：「我也不明白，否則我要寫下來做什麼。」

羅蘋道：「這倒也不錯，但到底關於誰的呢？又是怎麼樣的關係呢？你是從哪裡抄來的？」

卡世白一言不發。

羅蘋急道：「你聽著，你是當代的大富豪，大人物，但細細想來，也沒有什麼大區別，一個鐵商的兒子，和大盜亞森．羅蘋互相商酌事件，兩方都沒有什麼屈辱呀！我是在人家屋內活動的，你是在商業舞台上活動的，所不同的，就是這一點，現在我提一個條件，就是這次的事情，你為什麼不請我加入？換句話說，你得和我合作，因為我知道你的秘密；而且你也必得請我加入，因為你一個人去做，是不易達到目的的，那密探社的顧瑞開雖為人很是正直，但究竟太笨，在這種地方，須得算我亞森．羅蘋最有用了，你的計畫不是那親王呂亞賽的買賣契約嗎？」

卡世白仍是不發一語。

他又道：「快說，可是那契約？要是真的，那我敢發誓，在四十八小時內便可把呂亞賽找到，你的意思，是想顧瑞開找到了他，用重金去買他來，可不是嗎？你這樣看重他，熱心地找他，到底是為了什麼？他是怎樣的一個人物，你且告訴我聽聽。」

羅蘋一隻手搭在卡世白的肩上，威嚇道：「只須回答一句，說不說？」

卡世白道：「不說。」

羅蘋便從懷中取出一個很大的金表來，放在他的膝上，一面把他的背心鈕扣解開，拉開襯衫，露出胸膛來，又在桌上拿了卡世白那把柄上刻有黃金的短刀，把那薄且亮的刀尖對準心臟附近血液急流的地方，指著說道：

「最後的回答時間到了，你到底說不說？」

卡世白道：「不說。」

羅蘋又道：「現在離下午三點鐘還差八分，在這八分鐘內，你要再不說，那你的一切就完了。」

三 第一個犧牲者

翌日早晨九點鐘，哥培警佐如約到公園旅館來，也不乘電梯，直接由樓梯走到四樓，向右轉入走廊裡，按著四一五號房間的門鈴，裡面卻沒有回音，於是再按了七、八次，還是沒有人回，便拉了一個侍者領班問道：

「我要見卡世白先生，但按了十多次鈴總是沒有回音。」

領班道：「卡世白先生從昨天下午起，一直到晚上都沒有瞧見過他呀！」

哥培道：「那麼秘書和管帳的呢？」

答道：「也沒有，大概是在外邊過夜吧！卡世白先生在這裡不過是租房間罷了，所有的事都有人做，所以我們並不太接近他，也不甚明白他的情形。」

哥培聽了，覺得很是為難。因他此來是負有重大使命的，他自思這時若是科長在旁就好辦啦，於是他掏出名片，說明來意，問道：「你們沒有瞧見過他嗎？」

答道：「正是，連他出去也不知道。」

哥培問道：「那麼你怎麼知道他不在裡面呢？」

侍者領班答道：「昨天下午三點鐘時，有一個黑鬚紳士出來對我們說：『四一五號房裡的住客已出去，卡世白今夜在哈而珊市某旅館裡過夜，如果有什麼信件，就交到那裡去吧！』他說完這話就出去了。」

哥培道：「那麼這人是誰，他怎麼會知道這些的呢？」

答道：「那我可不知道。」

哥培聽了，漸漸覺得不安起來，一問那紳士的樣子，正和昨天和他會面的人相像，於是和那侍者再去按門鈴，但仍和先前一樣，他將耳朵湊在門鎖的匙孔裡一聽，說道：「不對，這是呻吟聲呀！我明明聽到……」

說時伸手舉拳，意欲用力撞開進去，侍者阻止道：「不能這麼粗暴。」

哥培道：「為什麼不行？」說完又猛力地敲門，然後說道：「不行，你快去喚鎖匠來吧！」

旁邊有一個侍者，聽了立刻去請鎖匠了，哥培像熱鍋上的螞蟻一般的在門外踱著。

這時二樓、三樓的侍者、管帳們都來了，哥培想要去察看連著的幾間房間，其中一間，中間的門是兩面鎖著的，只得作罷，便道：「那麼只有打電話給科長，除非他來，我是辦不了的。」

旁邊的人道：「順便通知警署。」

等到他電話打完，這時鎖匠已把門開開了，於是哥培在前，一起開了門進去，看見會客室的一角，瓦馬和艾米都被綁著，瓦馬總算把口中塞著的東西移動了些，所以在呻吟著；艾米則因疲乏過度，正睡熟著。

哥培道：「果然出事了，不知卡世白怎樣。」

走到裡面，見桌邊一張椅子上綁著一人，低頭不動，正是卡世白！

哥培道：「大概是被悶死了。」於是過去把縛著的繩子解開，卡世白的身體也跟著滑了下去，倒在地板上。

警佐一握他的手，叫道：「已經死了，手已冷得很了，你們看他的眼睛。」

侍者扳開他的眼睛一看道：「像是突然中風，或是心臟痳痺。」

哥培道：「是呀，不像是被害的，因為不見傷痕呀！」

於是大家把他移在一只榻上，替他脫開衣服，只見雪白的襯衣被猩紅的血溼透了，急忙拉開襯衣一看，見心臟的正中刺著一刀，傷口已被流出的血凝結住了，最奇怪的，那襯衣上用針刺著一張名片。

哥培拿來一看，見鮮紅的血裡刻的正是大名鼎鼎的「**亞森・羅蘋**」四個字，於是警佐立刻很嚴肅地命令道：「快出去，一個也不得留在這裡，所有的東西也都不准動，科長快來啦！」

哥培呆如木人一樣，口裡不住地喊著「亞森・羅蘋」這四個字，他做夢也想不到這個震驚全歐的大盜亞森・羅蘋這回又在巴黎出現了，因他曾聽人們說亞森・羅蘋已經死了。

警佐呆站在屍首旁邊，瞧著那張血染的名片，覺得更可怕了，就像一個惡魔，正要跳起來吞食他似的。

他素來不肯輕舉妄動，這次既知凶手是大盜亞森・羅蘋，如果一味蠻幹，說不定會發生意外而失敗，並且科長也快要到了，他雖是一個勇敢的警佐，但如果不是受到上司的指揮，自己絕不會單打獨鬥。

此刻他唯一的希望，是指望法醫不要比能特科長早到，以免移動偵探的物證，正想時，忽然後面有人叫道：「哥培，你呆呆地在想些什麼？」

他急忙答道：「喔，科長嗎？」

這個科長，從他的面貌和炯炯的目光中看去，年紀似乎很輕，但一瞧見那彎曲的背脊，乾燥的皮膚和花白的鬚髮，就知很年老了。

當他五十五歲的那年夏天，很巧妙地解決了一件困難的案件，因此聲名大噪。

也在這一年，升到了刑事科的副科長。前年史兀夫死後，升任為科長，他的手腕、膽略和智力相當出眾，使他成為當今全國第一的大偵探。

哥培是他最寵愛的手下，他很欣賞哥培的為人忠實，遇事順從，而哥培也十分信任他的長官。

今天能特似乎格外疲乏，懶洋洋地躺在椅子上，手撐在那根相依為命的象牙手杖上，說道：「亞森‧羅蘋嗎？」

哥培道：「正是，他又出現了。」

能特道：「如果真是他，那倒也不錯。」

哥培道：「若真是他，那麼科長可有對手了，亞森的末日也降臨了。」

能特截住警佐的話道：「快搜索證據。」

他用手杖這邊指指，那邊指指，哥培就跟著他手杖指點的地方，像忠犬似的動著，什麼地板上啦，椅子下啦，毫無遺漏地搜索了一遍，然後回道：「科長，什麼線索也沒有，不過死者似乎曾用力抵抗過。」

能特道：「未必吧，他身上綁著繩子呀！」

哥培又道：「雖然如此，但不明白凶手為什麼要殺一個沒有抵抗能力的人呢？現在想想，昨天出來應付我的那個黑鬚人很有嫌疑，我和他面對面地談過話，卻沒有看穿他的計謀，真是可惜極了。」

能特站起來到露臺上去察看，然後又看了看門窗。

哥培道：「這兩扇窗從我來的時候起，一直是關著的。」

能特點點頭道：「以後也沒有人動過嗎？」

哥培點頭稱是。

忽然休息室裡一片人聲，兩人回來一看，見法醫正在驗屍，旁邊站著裁判所裡的推事亨陶老先生，很得意地指揮著。

見他倆進來，稍稍招呼了一下，又對著能特那張沉默的臉上看看，頗有不快之色，回頭很嚴肅地對法醫道：「醫生，你說凶手行凶的時間是在十二點鐘之前、武器是一把小刀嗎？」

醫生道：「是一柄薄薄的小刀，你瞧，不是用死者的手帕擦過的嗎？」

亨陶道：「那麼且問一問秘書和會計，也許有一些可供我們參考的線索。」

這時瓦馬和艾米正在臥室裡休息，已恢復了許多，便把昨天的經過詳述了一遍，推事聽了，點點頭道：「原來還有個共犯叫麥克的，那麼只要捉到他就行了。」

能特道：「但連共犯也沒有線索呀！」

推事道：「這個當然慢慢地找線索就得了，瓦馬，那個麥克是在警佐來訪後不多時就出去的嗎？」

瓦馬道：「是的。」

又問：「以後可有什麼聲音？」

瓦馬道：「後來似乎聽見那個亞森・羅蘋在電話裡說些什麼。」

推事道：「電話嗎？這很容易，只要一問旅館的接線生就知道了。」

瓦馬又道：「之後大約一刻鐘，亞森・羅蘋便出去了。」

推事道：「嗯，到此一切都符合，那是殺死人後出去的，後來又怎樣呢？」

瓦馬道：「後來我便沒有聽到什麼了，我倆因為過於疲乏，就睡著了。」

推事像是已獲得勝利似地說：「不錯，一切都合我的想法，共犯、電話、時間、聲音，好了，行凶的目的也漸漸顯露。能特君，你可找到了什麼線索麼？」

能特道：「沒有。」

推事道：「死者的身上也必須調查一下，可有什麼皮夾沒有？」

哥培道：「有，我已把它放入死者的背心口袋裡了。」

於是大家又回到起居室，推事一看皮夾裡，除了名片以外，便沒有別的東西了。

推事道：「這很奇怪，瓦馬，你想你主人一點點錢都沒有嗎？」

瓦馬道：「不，前天我和主人同到攸里渥銀行裡去，他在那邊租了一個保管箱。」

推事道：「什麼？保管箱嗎？那也得調查一下。」

瓦馬又道：「當時我瞧見主人摸出五六千元現鈔來。」

推事道：「好極了，真相漸漸明白了。」

瓦馬道：「還有……這幾天來，主人不知怎的，每日裡總是擔著心事，原因我剛才已對你們說過，他有個重要的秘密，還有兩件重要的東西，一個是一只小黑檀木箱，一個是一只黑色袋鼠皮箱，木箱已藏在保管箱裡，袋鼠皮箱裡藏有五六份收據。」

推事道：「這東西在哪裡？」

瓦馬道：「在亞森・羅蘋未來之前，他曾當著我們的面放在旅行箱裡。」

推事急忙打開皮包一看，竟沒有那小匣，推事搓著手道：「一切都明白了，連行兇的動機和共犯也已知道，此案不久就能破了。能特君，你的意見大概和我相同吧？」

能特笑道：「不，我的意見完全和你不一樣。」

這個回答，把眾人都嚇呆了。

四　香菸盒

一群新聞記者跟著警察長擁進旅館的大門，把一間小小的接待室擠得水洩不通。

這位素來寡言易怒的大偵探能特先生，竟說出他的意見和推事截然不同的話來，這使得那位得意洋洋的推事老先生掃興極了。

亨陶只得說道：「但我看來，這個案子並沒有什麼複雜的地方，既知亞森・羅蘋是個大盜……」

能特接著道：「那他為什麼要行凶呢？」

亨陶道：「無非是為了要達到他的目的呀！」

科長道：「根據瓦馬說，他的行凶是在一切完結之後做的，事前卡世白已被他綁住，並且嘴裡塞著東西，試想，他已幾年沒有殺過人了，這回難道去殺一個毫無抵抗力的卡世白嗎？請問這是什麼道理？」

推事聽了，又露出他在為難時的老樣子，兩手交叉著，拈著長鬚，想了好一會兒才道：「答案要等找到各種證據後才能確定，況且你的異議，不過是犯罪的動機罷了，其他卻和我是一樣的呀！」

能特又道：「不，也不對。」

這個赤裸裸的答覆，又使那推事更加難為情，不安地說道：「自然，各人的意見當然不能絕對相同，你以為怎樣呢？」

大偵探站起來說道：「我沒有意見。」說完，撐著手杖，在室內往來踱著，眾人都默然不語。

不一會兒，他對旅館的經理說道：「你把每個房間的格局圖拿來給我。」

經理取過一張房間分布圖來，見卡世白的房間只能通過一間小室走到通道裡去，而秘書的房間卻和別室連接，於是說道：「把這個房間打開來給我看。」

經理道：「這幾間的門窗都是關著的呀！」

科長道：「看了再說。」

於是經理把他引了進去，這裡是卡氏預先替他夫人租下的四間相連的房間，相通的門，西邊的確是上著門。

能特問：「這裡誰也沒有進來過嗎？」

經理道：「是的，鑰匙都放在賬房那兒，除了打掃的人，誰也無法進來。」

能特道：「把打掃的人喚來。」

據打掃的茄曼說，這四間窗戶是他在昨天下午五點時關的，一點沒有變動。

能特問道：「今天早上可有什麼變動？」

茄曼道：「今天早上八點鐘時，我又把窗戶開了，但仍沒有什麼變動。」

科長追問道：「沒有變動嗎？」

茄曼遲疑了一會兒才說道：「今天我打掃的時候，在四二〇號房內火爐架邊撿到一只香菸盒，我預備在天黑時交給賬房，所以現在還在我那裡，菸盒像是銅質的，一面放著香菸，另一面放的是火柴，上面有ＭＬ二個字母。」

瓦馬聽了，急忙搶話道：「是ＭＬ二個縮寫字嗎？」

茄曼稱是。

瓦馬又道：「裡面可是分著三格，一處放香菸，一處放包紙，另一處放火柴，香菸是俄國製的細且美的紙菸，是嗎？」

答道：「正是。」

瓦馬道：「那麼你去拿來，我要看看，趕快，趕快。」

茄曼急急地去了，能特察看四下的窗簾壁紙，問道：「這裡是四二〇號嗎？」

經理道：「正是。」

推事插嘴道：「這就奇怪了，這房間裡撿到一只香菸盒，和現在的案子有什麼相干，行凶的房間和這裡相隔四間，而且相通的門都一一上著鎖的呀！」

推事的疑問，能特沒有回答他，但時間一分一秒地過去，卻總不見茄曼回來，能特問道：「他的房間在哪裡？」

經理道：「在六樓，正對著傑特利街，中間只隔著一層樓罷了，似乎不會這樣久。」

於是經理同瓦馬上去找他，過了六七分鐘，只見經理白著臉趕下來說道：「已經死了。」

能特急道：「又是被害的嗎？」

答道：「正是。」

能特道：「依此看來，凶手不是一個平常的人，哥培，你去把旅館的門統統關起來，出入口派人把守著，經理先生，請領我到茄曼的房裡去。」

於是經理在前，一同走出去，剛到門口，那走在最後的能特大偵探，忽的彎下腰，在地上撿起一塊小圓紙來，是一張青邊的貼紙，中央寫著「8・1・3」三個號碼，他很快拾得後，便急急地收入衣袋裡，然後跟著眾人出去了。

五　第二個犧牲者

醫生把茄曼的屍體檢驗完畢後，對能特道：「傷在背部肩胛骨間，和卡世白一樣的用小刀刺傷的。」

能特道：「不錯，凶手和凶器都是同一個，照屍體的位置看來，大概是茄曼伏在床下，正想取那香菸盒，但一剎間被後面的人刺死了，你瞧他的手還插在被窩裡，最可惜的，就是那只關係很大的菸盒已經不見了。」

推事驚恐地道：「這樣茄曼的性命是送在那只菸盒上了，看來這盒子對凶手是一件極重要的東西。」

能特道：「正是如此，這菸盒上有他姓名的第一個字縮寫！」

亨陶道：「ＭＬ嗎？是羅蘋的第一字，不知瓦馬君可有什麼意見，請發表一下，我想總能更明白些。」

能特驚道：「不錯，瓦馬現在到哪裡去了呀？」說時，四下一看，既不在室內，又不見在廊下的一群人裡。

經理說道：「瓦馬是同我一起到六樓來的呀！」

能特道：「是呀，但沒有和你同到四樓呀！」

經理道：「是我叫他守在屍首旁邊的。」

能特忙道：「他一個人嗎？」

經理道：「正是，我叫他暫時看守到我回來時，再下樓去。」

能特道：「那時可有什麼人在旁邊？」

經理道：「通道中嗎？沒有。」

能特道：「其他各房間內怎樣？」說時很興奮地走來走去，把每個房間的門打開搜查了一遍。

忽然他想到了什麼似的，飛一般由六樓趕到一樓，這種矯捷的步法，和他平日龍鍾的老態完全不同，經理和推事在後面氣喘喘地跟了下去。

能特在大門口碰見了警佐道：「可有人出去過？」

哥培道：「誰也沒有。」

能特又道：「那麼通往薩納街等處的門怎樣？」

哥培道：「那裡面有黑衣偵探把守著。」

能特又道：「可曾鄭重囑咐？」

哥培道：「正是。」

這時旅館裡的住客們都哭喪著臉聚集在大廳裡，正擔憂地議論著這事，所有工作人員都依次用電話召集過來，經能特一一詢問後，也得不到什麼線索。

最後聽到一個在五樓服務的女侍者說，她在十分鐘前，從四樓走到五樓，在使役們上下的小樓梯上，瞧見兩個很體面的紳士，在前的一個拉著後面的一個急急地下去，當時我很懷疑，這樣的紳士為什麼要走這個扶梯。」

能特問：「你可看見那兩人的面貌嗎？」

女侍者道：「那前面的紳士身體很瘦，有漂亮的鬍子，衣服和帽子全是黑色的，但沒有瞧見他的面孔；後面的一個，像是英國人，臉很大，剃光的臉上卻還瞧得見鬚根，穿著一件條紋襯衫，沒有戴帽子。」

照她的講述，這人像是秘書瓦馬。

女侍者又道：「最奇怪的，他像個瘋子！」

能特向警察道：「這裡有多少警察？」

答道：「四個。」

能特道：「不夠不夠，快打電話去多叫些人來，由你指揮，嚴密戒備各出入口。」

經理擔心道：「那麼那些客人呢？」

能特道：「現在顧不到這些了，為了要捕捉凶手，無論什麼損失都顧不到了。」

推事道：「那麼你怎樣推想？」

能特道：「我深信這連害兩命的凶手還沒有出這個旅館。」

推事又道：「那麼秘書瓦馬在哪裡？」

能特道：「此刻他的生死尚且不能斷定，所以無論是一分一秒都得爭取，快去辦。哥培先生，你且帶二名巡警去把四樓的房間仔細檢查一下，二、三樓等警察來後，由我自己去搜查，快去吧！這次必有更大的發現了。」

於是哥培帶了警察急忙去了。科長自己只在大門和通往薩納街的幾個出入口間往來走著，且時時發出命令，又對經理道：

「各個廚房也得小心防守，因為這些地方也許能逃出去；還須囑咐電話間裡的人，凡是客人打出去的電話都不可接，外面打來的，接是可以接，但須把雙方通話者的姓名記下來。還有一件事，就是訪客的簽名簿裡，姓氏第一個字是M或L的，也替我記下來。」

旅客們的恐懼至此更加深了，無論什麼細小的聲音，他們聽了也顫抖起來。眾人都想，在這旅館裡躲著一個殺人凶手，既沒有瞧見他的長相，又不知他會改變成什麼模樣混入我們之中，現在已死去二人，下一個不知會輪到誰。

那個彎背白髮，戴著眼鏡在室內踱著方步的老偵探，成了眾人目光的焦點。哥培手下的警察從他身旁擦過，他常常問道：「可有什麼線索。」

但那些警察卻一聲回答也沒有，總飛也似的去了，經理幾次請求他收回外出禁令，因櫃台那裡被那些有要事出外和預定搭船的住客們鬧翻了，但能特只說道：「不要緊，不要緊。」

經理又道：「說了你老也別動氣，旅館中搞戒嚴，你實在是越權的。」

能特道：「我知道。」

經理道：「這是要受法律懲戒的呀！」

能特道：「我也知道。」

要搜查完一個大旅館實非易事，除了看遍六十個房間外，其他所有的浴室、休息室、壁櫥走廊屋角，處處都查看過，仍是一無所獲；待二樓搜查完畢，鐘聲已敲了十二下，但搜查頂樓的一班人似乎還沒有查完，這時的能特不覺也計窮了，心想該不會這凶手是潛伏在閣樓裡？

六 第三個犧牲者

正在這個時候，忽有人通報道：「卡世白夫人雅莉和下人到了。」這時夫人已從艾米口裡得到丈夫的死訊，呆呆地坐在客室裡。瞧她那張美麗的臉被愁苦籠罩著，瘦長的身體兀自抖個不住，眼珠裡布滿金黃的星點。

據說夫人原籍是西班牙，卻生在荷蘭，當卡世白旅行至該國時，兩人一見鍾情，結婚至今已有四年，過著甜蜜的生活。這時她心亂如麻，大偵探的話，她一句也沒有聽到，不一會，眼淚便像斷線的珍珠一樣掉了下來。

她正想要求到丈夫的遺體旁，忽見哥培警佐趕來，手裡拿著一頂黑色的軟氈帽，這正是剛才女侍所說的那個紳士帽。

能特翻轉查看，見裡面既沒有邊，也沒有商標，只黏著一絲頭髮，能特便把頭髮用紙包起來，問道：「這帽子是哪裡撿到的？」

哥培道：「在二樓樓梯上撿到的。」

能特聽了，便道：「傳我的命令給警長，在四個樓梯處，每處用兩名警察把守，預備著手槍，必要時不妨開槍。哥培，如果瓦馬被害，凶手逃走，我就等辭職了，你這樣胡鬧了二個鐘頭，一直沒有結果，豈不是要被世人罵死了嗎？」

說完，便走上樓去，正見有二個警察跟著一個侍者，從一間房內出來，對面也有幾個警察在搜查女侍的壁櫥，那邊長廊的轉角處，下面便是拉亨街，那裡也有一群警察在，忽然聽得一陣驚叫。

能特急忙跟過去看時，見廊下一群警察的腳邊地毯上，趴著一具屍體，能特捧起他的頭來一看，叫道：「瓦馬遇害了。」

一驗身上，有條白的圍巾圍繞頸部，解開一看，頸骨處有一塊棉花，棉花下面流出鮮紅色的血來，拿走棉花，便有一個凶刀的傷痕露出來，原來三次殺人都是同一個凶手所做，而且還是用同樣的凶器下手的！

推事和警察長，也聞信趕來，能特問警察長道：「可有什麼人出去？」

警察長道：「絕對沒有，各個樓梯下都有二人看守著。」

推事插嘴道：「那麼不會下樓去嗎？」

能特搖了搖頭，推事又道：「我想那凶手必定有人碰見的。」

能特道：「依我推想，從茄曼被害後就下手了，也就是那二個紳士下樓之後。」

推事道：「那麼在兩個鐘頭裡，這裡至少有五六十人經過，怎會不見屍首呢？」

能特道：「我也不知道呀，還是各自工作吧！」說完便敲著手杖，吩咐把屍首放進空屋，交給法醫檢驗，又吩咐經理把走廊附近的房間都打開。

左邊三間臥房，二間起居室，裡面一間空著，能特都視察一遍，仍沒有得到線索，推事只顧嚷著奇怪二字。

忽見哥培警佐又急急地趕來說道：「科長，又找到一樣東西，是在樓下賬房椅子上得到的。」說時，取出一個黑色的皮包來。

能特吩咐打開來，首先瞧見的是黑色的背心和褲子，照那胡亂的摺法看來，可知是匆忙中摺起的，下面是一塊血手帕，想是擦了血手；下面還有一塊布，打開一看，只見有一把柄上鏤有黃金的鋼刀，刀口上還染有血跡。

偌大的一個旅館，前後不過兩個鐘頭，竟被一個匿形的凶手，在三百人中殺死了三個，這三人的鮮血，一見便能使人膽寒。

艾米瞧見鋼刀，便道：「這把鋼刀是主人的，昨天亞森羅蘋未來前，還在主人室內的桌上見過。」

能特懊惱地道：「經理先生，戒嚴令可以解除了，哥培先生，你把各處門戶開放了吧！」

推事道：「那麼亞森・羅蘋已經逃脫了嗎？」

能特道：「不，那先後行凶三次的凶手還躲在這裡其中的一間房裡，或者是混在大廳和接待室內的旅客裡去了。」

推事道：「這個我卻不信，若真的還在旅館裡，那麼他在哪裡換衣服呢？現在他又穿什麼衣服呢？」

能特道：「這個我也不知道，我不過是照事實陳述罷了。」

推事又道：「你此刻解除禁令，不是反叫他逃走嗎？」

能特道：「凡有不帶行李出行，去後從此不返的，這人便是真正的凶手。經理先生，請帶我到賬房裡，幫我查一查那本訪客記錄簿。」

這時有幾封寄給卡世白的信剛才送到，能特便交給推事，還有一個小紙包，已破了，裡面是一只刻有卡世白姓名的黑檀木箱，能特十分驚異，打開一看，見裡面嵌著的鏡子已經破碎，卻附有一張名片，上面寫著**亞森・羅蘋**。

還有一件怪事，使能特目不轉睛，原來在箱子的底部，貼著一張小紙，和他剛才在四樓撿到的一張相同，中間也寫著「8・1・3」三個數字。

七　意外的推測

內閣總理兼內務總長戈立麥，正坐在他那總長室的內室裡，吩咐侍者領班華伯去請刑事科長能特進來。

這位總長是個大政治家，做了三十年的激進黨首領，到現在才達到這個地位。在他旁邊坐著裁判官戴陸華和警察總署長德固郎二人，正開會已久。

能特走進來，裁判官和署長仍坐著不動，總長卻站起來和大偵探握手，殷勤地道：「能特君，這次請你來的目的，想你已經明白了吧？」

能特道：「可是公園旅館裡那樁殺人案嗎？」

總長道：「正是，那個鑽石主和秘書、打掃的人的被害太奇異了，在幾個鐘頭內，被一個不可捉摸的凶手殺死了三個人。這樣驚動法國的案件，已經很久沒發生了，據說凶手是亞森・羅蘋。但他絕跡已久，一般人已把他忘記了，這樣的一個大盜，雖說很可怕，但他有時也會真情流露。這次不知怎的，他又重出江湖，施展他那殘酷的殺人手段。社會大眾立刻對他起了恐懼和厭惡之心，這次出事的時候，在許多警察嚴密的包圍中，他仍能從容地揮著武器行凶，警方也成了人人攻擊的目標，報紙上都議論警方全是無能小輩，甚至連議院裡也起了不堪入耳的輿論，政府至此不能再裝聾作啞，所以常在暗中開會，想設法挽回警察的威信。」

戈立麥身為內閣總理和內務總長，平日便很喜歡研究偵探案件，道：「能特先生，在商議前，有一個重要的問題，這是最使總署長鬱悶的，德固郎先生，請你說明吧！」

署長很不快地道：「這事能特科長早已知道了，你在旅館裡越權辦事，引發了不小的民怨。」

能特一聽，立即在懷中掏出一張紙來，放在桌上。

署長問是什麼，能特道：「總理先生，這是我的辭呈。」

總理跳起來道：「什麼？你為什麼要辭職，署長的話並無惡意，不過是陳述事實罷了，現在且收回辭呈，讓我們鄭重地來商量一下吧！」

總理的一番話，把科長說得重又坐了下去，署長卻仍是口裡不住地埋怨著。

總理一邊把他敷衍過去，一面向能特道：「這個久未出現的亞森•羅蘋，我以為他早死了，誰也不會想到他又出來幹那殺人的勾當，事關重大，我們可不能大意啊！」

能特道：「那麼總理打算怎樣辦呢？」

總理道：「自然是緝拿到他，處以死刑。」

能特道：「我敢和總理立約，他不久將會被捕，但處他死罪可不能辦到。」

總理道：「這是為什麼？我們既把他拿下，當然照律把他送上絞臺，有什麼困難呢？」

能特道：「使不得。」

總理又問：「為什麼？」

能特道：「因為亞森・羅蘋不是殺人犯。」

總理詫異道：「什麼？你瘋了嗎？公園旅館內連傷三命，你還說凶手不是亞森・羅蘋嗎？」

能特做出很自信的樣子，堅決地道：「正是。」

在旁的裁判官和警察署長都怒不可遏，總理忙道：「二位先生且慢，能特先生既會說這種話，一定有充分的理由！」

總理道：「那麼有證據嗎？」

能特道：「有兩個鐵證：一、亞森・羅蘋一向抱持著不殺人主義。二、即使是，他既已達到強盜的目的，為什麼還要殺一個失去抵抗力的人呢？」

總理道：「話雖有理，但他殺人究竟是事實呀！」

署長道：「你認識亞森・羅蘋嗎？」

能特道：「我雖並不認識他，但艾米和哥培警佐所看見的亞森・羅蘋，和那女侍者在樓梯上遇見拖瓦馬下樓的人物，是絕對不同的。」

總理道：「那麼你是如何猜想呢？」

能特道：「讓我把他那天行凶的經過已知的部分來講述一下吧！四月十六日，星期二下午三點鐘，亞森羅蘋光臨了卡世白的房間。」

說時，忽被一陣笑聲打斷了，笑聲發自署長的口中，德固郎道：「你陳述這事的經過，不免太性急了些，據確實的調查，在這天下午三點鐘，卡世白是到攸里渥銀行保險庫去的，這個有銀行簿上他的簽字可以證明。」

能特很恭敬地等候他長官說完了話，也不去攻擊他，只顧繼續說道：「午後三點鐘時，亞森・羅蘋帶了一個名叫麥克的手下，綁住了卡世白，搶了他所有的現金，逼他說出保險庫的密碼來，聽到之後，麥克先出旅館，夥同了另一個共犯，這人的面貌，很像卡世白，他戴了金絲邊眼鏡，裝著卡世白的聲音，又模仿卡世白的筆跡，到攸里渥銀行裡去簽了假字，開了保管箱，取了所有的東西，一同出了銀行，再從電話中把這事的經過報告亞森・羅蘋，然後羅蘋才回來，我的意思是這樣。」

總理道：「你這樣的推想，很出我的意料，不過，像羅蘋這樣的人物，大白天闖進一個不算小的旅館，所為的也不過是些銀行中的票據罷了。」

能特道：「不，他還有更大的目的，他想把袋鼠皮小箱和黑檀木小箱弄到手，從那郵局裡寄來的空箱來看，就可以證明了，他已取得木箱，裡面被擄劫一空，然後再由小包裹送回。這東西卡世白曾對秘書瓦馬說過，是關係一個重大的計畫，可見亞森・羅蘋得到這只小木匣後，便可明白他那大計畫的底蘊，至少可以探得路徑。」

總理道：「那是什麼大計畫？」

能特道：「我不明白，不過我打探到卡世白和密探社的顧瑞開說過一件秘密，他們正在找尋一個叫親王呂亞賽的人，此人想必與卡世白的計畫有密切關係。」

總理點頭道：「不錯，亞森・羅蘋的真相漸漸明白了，但你說卡世白先被綑綁，後遭搶劫，不是說沒有殺死嗎，但怎麼發現時卻成了死屍了呢？」

能特道：「傍晚時還沒有變動，直到夜裡，凶手才進去的。」

總理忙問：「從哪裡進去的？」

能特道：「四二〇號房內，這室的鑰匙，大概凶手也有一把。」

署長接著道：「但這室與出事的一室相隔四間，中間的門還都上著門閂的呀！」

能特道：「有露臺可通。」

署長訝道：「露臺嗎？」

能特道：「正是，對著傑利特街的一面都連著的。」

署長又問道：「但兩個露臺的中間，又要怎樣通過呢？」

能特道：「我的部下已試過，稍為強健的人可以跳得過。」

署長道：「但室中的窗子都是關著的呀！」

能特道：「不錯，但秘書瓦馬臥房中的窗子，我一試居然打開了。」

總理戈立麥聽到這裡，略略有些感動，這位能特科長所講的情節，井井有條，而且無微不至，於是問道：「這凶手進去，有什麼目的呢？」

能特道：「還沒有明瞭到這個地步哩！」

總理戈立麥：「那麼你也不知道嗎？但他為什麼要殺卡世白呢？」

能特道：「也不明白，這實在很令人費解，只有一個說法比較可能些，那凶手本不想行凶，也是為袋鼠皮小箱的單據或木箱而來的，不料皮箱已經被盜，敵人卻已被綁著，於是他順便把這敵人殺死了。」

總理戈立麥道：「說到底，或許是這樣的，但那凶手可曾拿到字據？」

能特道：「箱子不在，當然得不到，但袋鼠皮小箱是拿到的，總之，亞森・羅蘋和那凶手都在找尋同一樣東西，是有關卡氏的大計畫。」

總理道：「那麼他們須要爭鬥了呀！」

能特道：「正是，戰爭已開始了。」

總理戈立麥和署長裁判官聽到凶手已開始鬥爭的一句話，都驚奇地問道：「怎樣的戰鬥呢？」

能特道：「這個你已知道了，死者的胸前不是刺著一張亞森・羅蘋的名片嗎？這就是真凶要陷害亞森・羅蘋的計畫，其他種種的證據，也顯得很不利於羅蘋，使人們的目光認定亞森・羅蘋為凶手。」

總理道：「正是這個推想。」

能特又道：「這凶手倘不把自己的香菸盒遺失，當然更妙，但不巧卻落掉了，被負責打掃的茄曼撿到，他深知這菸盒能破壞他的秘密，便……」

總理道：「他怎麼知道被人拾去了呢？」

能特道：「這是亨陶推事告訴他的，因為他曾開著門舉行搜查，門外聚集了住客、新聞記者，他混在其中，必定聽得菸盒被茄曼拾到的話，等到茄曼到閣樓上去取贓物時，他便提前趕去，進行了第二次的殺人。」

能特說到這裡，已不再有人質疑，這位大偵探能特把這件血案像在三個長官面前重演一次似的明白地說出。

總理又問道：「那麼這第三次行凶呢？」

能特道：「你是指瓦馬嗎？他簡直是自己送死，他因急於要看那只菸盒，不見茄曼下來，便同經理上六樓去，哪知凶手還沒有離開，一見瓦馬很是驚駭，便也把他刺死了。」

總理道：「有人發現兩張怪貼紙，可是真的嗎？」

能特道：「是的，一張在亞森・羅蘋寄回的木箱上，一張被我撿到，料想是在凶手劫去的那只袋鼠皮小箱上的。這兩張紙沒有什麼好奇怪的，所奇的是兩張貼紙上都寫著8・1・3這三個數字，是卡世白的手筆。」

總理道：「這幾個數字有什麼意義嗎？」

能特道：「這個的確讓人一頭霧水，完全摸不著頭緒。」

總理道：「你可有什麼推理？」

能特道：「實在不明白，在發現瓦馬屍身的地方，有我的兩個手下正在監視著那些退房的旅客們，但我覺得都沒有凶手的嫌疑。」

總理道：「可有什麼電話出入嗎？」

能特道：「在樓下的一室中，有一人很有嫌疑，我正注意著這人，但我暗中派人監視他，也沒有什麼可疑之處，他名叫哈路比，是個陸軍少佐，不知是哪裡來的。」

總理道：「那麼你預備從哪裡著手調查呢？」

能特道：「目前的範圍很小，據我推想，那凶手定是卡世白夫婦的親友，或是有關係的人，這人對卡氏夫婦平日的行動很是熟悉，所以他一探知卡氏有一個大計畫，便一路跟到巴黎來，他的行凶手腕巧妙，表示他有很聰敏的頭腦，不過他的行凶是偶然間犯下的，而不是常做這事的惡徒，所以我很留意這些和卡氏平日往來的一班人。

「現在我已握有證據了，你只要瞧那凶手因茄曼拾得菸盒而把他殺死，瓦馬因知道這菸盒的主人，所以也被他害死，你還記得瓦馬一聽茄曼述說這菸盒時，不是很吃驚的嗎？倘他一見到這菸盒時便把凶手告訴我們就好了，可惜一個極重要的證人竟被凶手一刀了結了，因此這件驚人的血案，也就陷入不可捉摸的雲霧裡了。目前我們已知道的線索，不過ＭＬ兩個字罷了……」

能特說到這裡，只覺得案情越來越複雜了，雖然案情已深刻印入三個長官的腦海裡，但真相卻還一點也沒有頭緒呀！

這時全室默然，眾人都想找些反駁的話來。

忽然總理開口道：「能特先生，你的觀察和陳述雖很詳細，但對於全案仍沒有一些幫助呀！」

能特道：「你是指什麼？」

總理道：「我們今天的會議並不是要明瞭案子的真相，而是警察的威信大減，要如何挽回民眾對警方的信賴度啊！」

能特道：「那麼你的要求是什麼呢？」

總理道：「總得使國人滿意，換句話說，就是捉到凶手。」

能特反駁道：「我們總不能胡亂捉人呀！」

總理斥道：「總比不捉好些，我們得加緊進度些，那司賑艾米可靠嗎？」

能特答道：「這人一點也沒有嫌疑，總理一味亂抓，也太危險了，裁判官心中也已知道，現在只有兩人可以捉得，一個是真凶，一個便是亞森・羅蘋；要捉亞森・羅蘋，須得各方都準備妥當，還得見機行事，我卻還沒有到這個地步哩！因他隱匿已久，而且曾傳過他的噩耗。」

總理戈立麥跺著腳道：「話雖如此，總得想個辦法，這次的凶手，對你是個勁敵，就算為你自己著想，也得想想對付的方法才是，還有你對那些共犯打算怎樣，已知有一個叫麥克的，還有一個假扮卡世白的人。」

能特道：「那麼我能有多少時間？」

總理道：「現在時間急迫，最多給你十分鐘。」

能特一瞧時針道：「那已超過我預算的時間四分鐘了。」

總理聽說，驚道：「多了四分鐘嗎？這是什麼意思？」

能特道：「我不需要十分鐘，只要六分鐘就夠了。」

能特走近窗邊，對院子裡走著的兩人施了個眼色，再回到裁判官邊說道：「請簽一張拘票，華伯四十歲。」說完又走到窗口叫道：「哥培警佐和烏伊偵探快來。」

於是哥培便和烏衣偵探一同進來，能特問可曾備好手銬後，便對總理道：「一切都準備好了，但我仍要懇求你，能否打消這個捉人的提議，因為捉一個人，不過是逞一時的痛快，對進行此案的前途，說不定有危險。」

總理催促道：「能特先生，只剩一分鐘了。」

能特在室內走了幾圈，又憤然坐下，最後決然地說道：「好，照你的意思捉人吧，你且等著，誰第一個走進這室，你就立刻拿下他。」

總理又叫道：「只剩五十秒了。」

能特道：「哥培警佐，烏伊偵探，可曾明白？要捉那第一個進來的人，裁判官，請在拘票上簽名啊。」

總理又道：「只剩十秒。」

能特道：「請按一下電鈴，總理。」

總理依言照做，只見那侍者領班走進來，立在一旁聽命。

總理問道：「能特先生，侍者領班來了，你要他去請什麼人呀？」

能特道：「我不要請人。」

總理道：「你約定六分鐘捉到罪犯，現在已經過了。」

能特道：「罪犯已到了呀！」

總理道：「在哪裡？沒有呀！」

能特又道：「在你面前呀！」

總理道：「別開玩笑，這裡並沒有來過人呀！」

能特道：「不是來了嗎？」

總理道：「那麼是誰？」

能特道：「剛才這室內共有六個人，現在卻有七個人，總理先生，那剛才進來的人便是，你明白了嗎？」

總理大叫道：「你是瘋了嗎？」

這時兩個偵探挺身立在華伯與室門的中間，能特慢慢地走到華伯的身旁，兩手用力捉住他的雙肩，叫道：「我以法律的名義，捉拿內務部侍者領班華伯。」

八 變生肘腋

總理大笑道：「能特先生，這樣的大笑話好久不曾有了，你開玩笑也得有個分寸呀！」

能特自顧對裁判官道：「拘票上可曾寫明他的職位？記著，內務部侍者的領班。」

這時總理還沒有笑罷，又道：「你也太可笑了，想你是為了要平息那火也似的輿論，才把內務部侍者領班捉住，真是夠了，我以為你有怎樣的妙計，誰料得你會鬧出這樣離譜的玩笑來！」

這個華伯從踏進室內到現在，只是站著不曾動過，他的臉上露著莫名其妙的神色，心想他們在說些什麼？好像是關於我，一對眼睛不住地對眾人看著。

總理走到他身旁說道：「華伯，不要害怕，這是科長的玩笑。」

這時在笑的，不只總理一人，連裁判官和署長也在苦笑著，但這個刑事科長卻很嚴肅，並且吩咐哥培幾句話，哥培應命去了，又對烏伊偵探說道：「烏伊你注意著他，如果他一有想逃的樣子，你就把他擒住。」

「總理，你且聽我說，今天天氣很熱，請把窗子開了，總理，我承各位長官提拔，升任這職務以來，暗中時時在打探亞森・羅蘋的行事方法，但他絕跡已久，所以很難探索，不料他在這次公園旅館裡一現身，使我得到了一些線索。」能特態度嚴肅地說：「我探得亞森・羅蘋的同黨可分為二派，其中一派可稱為固定班底，大約不過一二十人，這批人可說是亞森・羅蘋得力的助手，一切劫掠的行為都是他們所做，羅蘋把掠得的金銀，四分之三自己取用，四分之一分給他們，麥克就是其中的一員。」

總理笑道：「華伯也是其中的一個？但他沒有離開過衙門，連睡覺也在署內呀！」

科長道：「請把隔壁會客室的侍者副領班叫來。」

總理一按鈴，那副領班進來了，能特便道：「我有幾句話要問你，你在這星期內，可是每天值勤？」

答道：「正是。」

能特又問：「星期二下午你也在嗎？」

答：「正是。」

又問：「華伯呢？」

華伯急道：「我也在。」

副領班道：「華伯，你忘了嗎？那天你一整天不在的呀！」

能特歪歪嘴說道：「好，你可以去了。」

能特走近華伯說道：「華伯，你已沒有脫逃的希望，我看還是爽快地招供了吧，你星期二在做什麼？」

華伯道：「做什麼嗎？那天恰巧鄉下來了一個朋友，和他出去閒逛了一天。」

能特點點頭道：「不錯，那朋友叫麥克，你倆不是到攸里渥銀行去閒逛了一回嗎？」

華伯裝糊塗道：「我嗎？我朋友中沒有一個叫麥克的。」

能特道：「那麼這東西你總該知道。」說時，把一副金絲邊眼鏡送到華伯面前，華伯瞧了一眼，仍道：「不知道，我沒有戴過。」

能特道：「不錯，你平日是不戴眼鏡的，只有假扮卡世白到攸里渥銀行去時戴過，這副眼鏡是在戈利士街十五號，你用三里陶的名義租下的那間屋子裡找到的。你到戈利士街便換了服裝，去幹亞森・羅蘋的事情了。」

華伯抹了抹頭上的冷汗，蒼白著臉說道：「我不懂你的話，一點也不明白。」

能特道：「那麼我再拿更清楚的證據來給你看吧，這是從你房間的垃圾桶裡得到的，是張摺好的紙，上面有青線和內務部用箋等字印著，是你練字用的，請看，上面寫的全是卡世白三字、忠心的僕人……呀！這不是你想扮卡世白而學他的簽字嗎？你還不承認？」說時用力在他胸口打了一拳，華伯倒退了幾步，退到方才能特叫總理開著的窗邊，縱身一躍，由露臺上跳到庭中去了。

總理叫道：「給他逃走了。」一面急急地按著電鈴，又趕到窗邊大呼，但能特卻很安閒自在。

總理道：「華伯逃走了呀！」

能特道：「請稍等，我早料到他有這一著，所以叫你開窗，這樣一來，不是和畫了供一樣嗎？」

一會兒哥培警佐進來了，手裡扣著一個人，就是華伯。

能特道：「帶到這裡來，哥培先生，他仍很頑強嗎？」

哥培道：「被我打了幾下便收服了。」

能特道：「好，你們去吧！」

於是哥培和烏伊行了個禮退了出去。

能特道：「怎麼樣？三里陶，不，華伯，倘你害怕，不妨安靜些。」

總理也很興奮，自己忠誠的侍者領班竟會是亞森．羅蘋的黨徒，還不是件怪事嗎？裁判官和總署長也被能特的威力所屈服，失去官長的威風，在旁邊默坐了。

能特科長撐著手杖在室內踱著，道：「亞森・羅蘋的黨羽，我已講過，還有另外一派呢，可以叫做臨時的生力軍或喬裝團，他們都有各自的職業，商人，官員，醫生，工程師乃至警察，他們暗助羅蘋，羅蘋也利用他們的特長來活動，像偽造貨幣，改裝劫來的汽車，還有出入官廳等等，好比華伯既在內務部當侍者領班，又善於模仿別人的筆跡，當然很有用了，總理在他的臥室查一下，便可瞧見他摹寫名人富豪等數百人的筆跡。」

總理道：「那麼結論是怎樣的呢？」

能特道：「結論是，那些黨羽是亞森・羅蘋深信的心腹，那班生力軍則是臨時人員，如果給他們多些金錢未必會不肯來，華伯，可是這樣的？」

能特走近華伯，問道：「華伯，你要多少代價？」

華伯傻傻地道：「什麼？」

能特道：「只要把你所知道的事說出來。」

華伯道：「什麼事呢？」

能特笑道：「亞森・羅蘋呀！」

華伯道：「不知道！」

能特怒道：「你敢說謊。」

華伯道：「我確實沒有見過亞森・羅蘋啊。」

能特道：「這倒或許是，但你們怎樣商議的呢？」

華伯仍是不發一言。

能特道：「不錯，這不能怪你，因為還沒有談妥代價，你要什麼報酬？」

華伯道：「只要釋放我就是了。」

能特道：「不可能，我們既已把你抓住，當然要處以徒刑，等你刑期終了時，已是耄耋老人，不能再去替亞森・羅蘋活動了，現在的計畫，是要預備那時候的養老費呀，你要多少？」

華伯道：「五千元。」

能特道：「你在做夢。」

華伯道：「我說出來，你就可以捉住亞森・羅蘋，五千元買到一個亞森・羅蘋，不能算貴吧！」

能特講價道：「至多一千元。」

華伯道：「至少四千。」

能特問總理道：「怎麼辦呢？」

總理拍板道：「捉到麥克給你一千，等拿住亞森・羅蘋，再給你三千元。」

華伯道：「好。」

能特道：「我且問你，你們是怎樣通信的？」

華伯道：「中間有一個人替我們聯絡。」

能特道：「他是麥克？他住在哪裡？」

華伯道：「我不知道。」

能特道：「你總有找他的方法呀！」

華伯道：「不，如果他有事，他會打電話來。」

能特反問道：「但你有事的時候，怎樣找他呢？」

華伯道：「或打電話，或寄信，在羅米頓郵局內，他有一個信箱，代號是TRBN。」

能特道：「別的你都不知道了嗎？」

華伯點頭。

能特道：「這些要四千元，太貴了。」

華伯道：「你只要在郵局守候，那傢伙每天早晨必來取信，你就可以捉住他了。」

能特忙吩咐哥培警佐和烏伊偵探道：「你們把這人用馬車載往署中去，注意，千萬不可亂說，萬一被新聞記者知道，那就完了。」

於是二人押著華伯出去了。

總理道：「能特先生，我真佩服極了，你怎樣會注意到這些地方呢？」

能特道：「其實很簡單，我知道卡世白曾託過密探社長顧瑞開，又知道亞森・羅蘋也曾去拜訪過他，假意要幫助社長，那麼這次卡氏宅中慘案的結果，利益當然歸最後留著的羅蘋呀！」

總理道：「你怎麼知道呢？」

能特道：「只稍仔細一注意，自然明白，但總理太性急了些，以致壞了事，否則你監視著華伯便能捉得麥克，再捕捉亞森・羅蘋，不費一個子兒，並且很容易辦到。這也不用說了，你可曾聽見剛才哥培警佐的話，華伯的被捕，本署上下都知道了，為此明天的報紙，都將登載出來，這樣非但放走了羅蘋，連麥克也不易捉到了。」

總理聽想了一想道：「要彌補這個失誤，只有一個方法。」

能特道：「就是在今夜捉住麥克。我準在今夜十二點鐘以前把麥克捉住給你看。」

總理驚道：「十二點以前嗎？難道他的本名和住所，你都知道了？」

能特道：「正是。」

總理奇道：「這真奇怪極了，你怎麼知道的呢？」

能特道：「這個，將來再談吧！」

九 8・1・3

巴黎的西北面，有一條敦門街，街上有一間小小的餐館，一個戴黑眼鏡的紳士，在沿街窗畔的一張食桌上，正從側面捲起一點窗簾的隙縫裡，不住地對著那街邊轉角上的一家望著。

這是棟普通的建築，車輛出入的門正開著，從這裡望去，可以瞧見燈火下庭園裡的夜景，餐館裡的鐘正指著九點二十分。

過了十分鐘，有一個男子進來，在紳士的對面坐下，這紳士正是能特科長。

男子開口道：「科長，那邊我已去過了。」

能特道：「進行可順利？你細細地講來。」

那男子道：「我先用TRBN的暗號拍電報到羅米頓說：『今夜十時去，三里陶。』」

能特道：「不對，我早說過，三里陶是不知道麥克住址的，所以他見了電報，不會相信是三里陶自己發出的，這且不管，我先問你，麥克可曾引出來？」

男子道：「沒有，經我和郵局長商量之下，混在局員之中，從六點鐘直守候到九點鐘，始終不見到他來。」

能特道：「當然不會來，我在這裡看守著，麥克在這二個鐘頭內，沒有離開過家。」

男子道：「既然如此，科長怎麼還要叫我自己說出失敗史來，現在他在哪裡呢？」

能特道：「你可瞧見，對面那家的馬車道中，半圓形的門下，就是門房的對面，不是還有個門麼，那是通往最下一層去的。」

男子道：「正是。」

能特道：「麥克便是從那裡進去的。」

那男子道：「你怎知是麥克？」

能特道：「這是從秘書瓦馬和旅館中人所說的印象相合而得的。」

那人道：「那麼他在這屋子裡了。」

能特道：「正是，那邊有四扇窗，可以望見街上，他必在中央點著燈的一室內。」

那人道：「他真在那裡嗎？」

能特道：「你不必多疑，只要注意路上，若有人走過，須立刻躲過，不可被人瞧見。」

那人道：「那麼餐館中的人呢？」

能特道：「我已對他們說過，不必擔心。」

這時餐館裡，除了能特大偵探和這改扮過的哥培警佐外，只有旁邊一張桌上有一個男客在吸菸罷了，街上行人很少，偶然有人走過時，從那煤氣燈裡可以瞧清楚面目，能特道：「哥培先生，可曾瞧見？」

哥培道：「見得，那屋內有人進出……」說時忽然把面孔靠著玻璃，驚叫道：「科長，快瞧，真的是他，沒錯，是亞森・羅蘋！」

他們再仔細一看，見那人拿著藥方正在那裡配藥，一會兒又走出店來，在那家半圓形門下的路中立定，取出鑰匙，開了那扇小門進去了。

哥培道：「絕不會錯，在卡世白遇害的那天，還親自和他在門房裡談話的。」

能特默然不響。像是在打算對付這個巨盜的計畫。

不一會兒，他摸出一張名片，說道：「把這名片送到敦門街警察署去，你去叫他把全班警察叫來，至少十人，最好有十二人。」

哥培道：「你得注意些，況且又在夜間，闖進人家屋子裡去，不要又弄出是非來。」

能特道：「你放心，我背後有內閣總理支持，總理答應我，在事機急迫時，可以不必拘泥法律，你快去吧！」

不久，哥培連同署長一起來了，能特道：「有勞了，鞅託先生，你的部下呢？」

鞅託道：「已在路上，下了戒嚴令了。」

能特道：「來了多少？」

鞅託道：「八個。」

能特道：「恐怕太少了。」

鞅託道：「今夜恰巧有事派了二個人出去，署中又得留下二人看守。不過加了我們三人，不是已有十一人了麼，並且大家都帶著手槍。」

能特道：「那麼派二人在半圓形門下看守，總之格外留心些就是，再派兩人躲在樓下的窗口，其餘的和我們一同闖進去。」

這時警笛聲四起，大家走到半圓形的門下，哥培便和一個警察看守門房。

能特道：「上下的樓梯也得派二人看守，你們倆看見靠街的窗下有人跳出來，儘可開槍，大家把手槍預備著。」說完走到小門前，按了一下電鈴，屋內靜悄悄地，接著又按二次，故意高叫道：「不在嗎？我是藥店的人呀！」

能特這樣地喊了一聲後，見小洞裡露出一個老婆子的頭來，能特做著手勢，大家便躲在暗中。

老婆子不高興地道：「這個時候有什麼事嗎？」

能特道：「我是隔壁藥店的，剛才有一位先生拿藥方來，叫我們配藥，但是這藥方上的克來哇沙脫我們恰巧用完了，所以過來問一聲，可以用什麼代替，還是等到天亮再說？」

老婆子道：「藥方帶來了嗎？」

能特把手中的藥方拿給她看，道：「在這裡。」說時便有開鎖的聲音，能特趁門開了一半，立刻緊緊握住老婆子的肩胛，老婆子一吃驚，手裡的蠟燭掉到地上，四面一片漆黑。

能特從走廊裡瞧見室內有燈光，一個人影從亮光裡沒入暗中去，同時煤氣燈也熄滅了，又是一片黑暗，能特忙照亮懷中電燈，向內室趕去，道：「瞧，那邊的壁櫥正在動呀！鞅託先生，你快把後面的布簾拉開。」

只聽一片雜亂的腳步聲和器物的翻倒聲，能特忽然發現有一扇很低的門，忙道：「果然被我料到，這是一條通門房的暗路，那裡他們一定起衝突了，鞅託先生，你趕快繞到入口那邊的廳上去。」

說時瞥見門上有個大鎖，便隨手把它緊緊鎖住，使敵人不能退回來，他自己和二名警察在室內搜查，下令道：「你們一個到廳上去，把通入臥房的門察看一下，再去查下人們的臥室，一個跟我來吧！」

他帶著警察再到第二室內，裡面卻是空的，便道：「這裡沒有人，想必都逃往門房去了。」

能特正要趕出去時，警察像發現了什麼，道：「科長，有菸頭丟在這裡，並且還點著火，一定有人到過這裡。」

能特道：「正是。」於是他又把走廊左右的各室查看了一遍，又走到房屋的後面，正想看近邊的一室時，門卻已上鎖，正在這時，忽聽有槍聲，便趕到走廊，但不知往哪一頭走好，走廊中又跳出二名警察，能特問道：「聽到槍聲了嗎？」

警察道：「聽到了，是哪裡？」

能特道：「你們原有三人，還有一個呢？」

說時第二次槍聲又起，無疑的是走廊對面傳來的響聲，於是大家循聲尋人，只覺暗中有一人從臥室內呻吟著出來，一瞧就是那第三個同伴，見他把門一開，說道：「惡徒，我吃了他的虧，但我也不給他便宜，用佩刀砍了他一下。」說時用一塊血染的手帕按著面孔。

能特道：「隔壁便是藥店，你去上些藥吧，這門怎的總也開不開，你去把銅匠喚來，他正在外面等候，快些。」

說時，哥培警佐也已趕來，說道：「科長，已捉到一個。」

能特道：「是誰？」

哥培道：「麥克。」

能特道：「麥克且不必管他，現在要捉拿另一人。」

哥培道：「是誰？」

能特道：「亞森・羅蘋，他受傷了。」

哥培道：「這窗子不要緊嗎？」

能特道：「不要緊，它面對的是中間院子，所以逃不到那裡。」

哥培道：「他當真是亞森・羅蘋嗎？」

能特道：「輕些，裡面聽得見。」仔細一聽，果然裡面有呻吟聲。這時銅匠已經到來，警察點上了煤氣燈，銅匠細看了門鎖後，設法開了鎖門，大家擁進去。

能特用電筒一照，見壁角裡躺著一個男子，能特過去摸一摸他的身體，又在他胸口聽了聽，說道：「沒有死，如今亞森・羅蘋可被我活活地捉住了。」

哥培道：「今天的收穫真是不少，亞森・羅蘋及他的三個黨羽和兩個守門的，總共抓了六人。」

署長道：「不，還有一個病人躺在隔室裡。」說完便引眾人到隔室，床上果有一個男子躺著，模樣已病得不成個樣子，白白的臉上，一點血色也沒有；床邊一張桌子，散亂的放著些藥品和水瓶，室內充滿了醫院的氣味。

能特一瞧說道：「死了嗎？」

署長道：「還沒有，但也差不多了。」

能特又問：「可有什麼特異的地方？」

署長道：「沒有，他因為害熱病，不住地在說夢話。」

那病人果然在那裡說些莫名其妙的話，接著嘆了幾口氣，便睡過去了。

壁上掛著幾件髒衣服，能特便命哥培去搜查一下。哥培過去把衣袋一一摸過，卻個個空著，連名片也沒有一張。

能特又問：「暗袋裡可有？」

哥培答道：「也沒有。」

能特道：「背心上可有什麼記號？」

哥培道：「沒有……喔，有了，在領口的反面，用墨水寫著幾個數字。」

能特忙問：「寫的什麼？」

哥培道：「8・1・3。」

麥克在三個警察的監視之下，呆呆地在門房中坐著，大盜亞森・羅蘋這時因當頭吃了一佩刀，昏厥在床上，還沒醒過來。

在後面的一間廚房兼充臥室的小室內，禁閉著守門人和他的妻子，還有一個老下人，能特吩咐道：「署長，請打一個電話給刑事科，叫他們派兩輛馬車來，把這幾個送往警察署去。」

署長應命出去了，能特便很簡單地盤問了一下守門人夫婦，他們簡直一無所知，不過是聽麥克指揮罷了。雖然他們知道門房和裡面之間有一條暗路，但麥克只說是逃債時暫時脫身的去處。

這個麥克用麥亞的名字在此已居住六年，每天總是在早上出門，晚間回來，他的去處，誰都不知道。

能特問麥克道：「現在別的都不問你，只問你那個害著重病的人是誰？」

麥克道：「我不知道。」

這位大偵探能特對這個病人十分注意，「8・1・3」這幾個數字，在發生凶案後，竟發現了三次，難道這數字含有什麼意義麼？層層秘密，愈弄愈難解釋了，目前僅存一線希望，就是這個奄奄垂斃的病人了，能特總要明白他是什麼人，是同黨呢？還是俘擄呢？怎麼在這屋子裡？於是又走進病室，見醫生已診察完畢，能特問道：

「先生，病情怎樣？」

醫生道：「和前兩天一樣，並沒有改變。」

能特道：「怎麼說？」

醫生道：「不錯，麥亞先生在前天曾來請我替這人治病，病患是他的朋友，前後我已替他診治過三次了。」

能特道：「那麼這張藥方，我想是你開的了。」

醫生答：「正是。」

能特道：「你來治病時，可曾會見麥亞？」

醫生道：「是的，還有一位先生哩！」

能特道：「這二人瞧去是不是很擔心這個病人？」

醫生道：「很擔心，他們曾說，無論怎樣，一定要使他康復。」

能特道：「病情很嚴重嗎？」

醫生道：「他害的是心臟病，加上肺病已達末期，所以可能突然死亡也說不定，最好的方法，是把他移到山上去，因為山上的空氣新鮮，要是老在巴黎城中，那是無望的，總之須得改變他的生活方式，靜心休養才好。」

能特道：「看這病人，是像久住在巴黎城中的嗎？」

醫生道：「是的，因為貪圖酒色，以致糟蹋了身體，這人似乎過著極惡劣的生活，據麥亞先生說，他住在貧民窟一帶的小客店裡昏醉不醒，才把他救下來的。」

能特聽了，沉思了一會兒，道：「關於病人，你只知道這些嗎？」

醫生道：「是的。」

能特道：「他背地裡有沒有對你說些什麼？」

醫生道：「沒有，他總是滿口胡言亂語，發著高燒。」

能特道：「那麼不能使他動嗎？」

醫生道：「且等我明天早晨診過後再決定，不過總得派一個人看護著他才是。」

能特道：「那個當然，謝謝你。」

醫生去後，能特走到床邊，把病人的左手從毯子下拉了出來，一看他的手指，叫道：「喔，正如我所料，的確是他。」

哥培忙道：「他是誰？」

能特道：「他就是親王呂亞賽呀！」

哥培道：「那不就是卡世白託密探社顧瑞開尋找的人嗎？」

能特道：「正是他，他的左手小指尖是斷的，還有右頰上有個小小的傷痕，你瞧！」

哥培道：「他有什麼用處呢？」

能特道：「這個不是很容易明白的嗎？亞森・羅蘋既探得卡世白的秘密，便施展他的本領，先被他找得了這親王呂亞賽。」

哥培道：「亞森・羅蘋也知這人的來歷嗎？」

能特道：「恐怕不知道罷，因為卡世白把自己找尋他的目的十分保密，所以亞森・羅蘋也無從知道，不過他知道這個呂亞賽還在人世，和那神秘的8・1・3有密切的關係。」

能特說完，便俯身向著病人，炯炯的目光中含著熱情，直射到這病人的臉上，似乎想要洞穿病人的秘密。

只見病人那對下陷的眼眶微微地張開了些，能特便道：「你知道8・1・3的意義嗎？知道的話，儘可放心地對我說出來。」

病人似乎想說出什麼話來，能特更加興奮起來，忙道：「喔，他定然是知道的。」於是能特又連連念了幾聲「8・1・3」，道：「你放心，我是來救你的，是你的朋友，你一一說出來吧。」

這時，病人睜大了眼睛，往左右看了幾眼，嘴唇發著抖，瘦削的臂膀用力地伸到床沿上，像是要下床似的，掙扎了好一會兒，才痛苦地說出一句話來：

「8……1……3。」

他的聲音細如游絲，像從很遠的地方發出來的，身體抖動著，臉上現出痛苦的表情，接著眼睛一閉，胸部一陣急速起伏後，便沒了聲息。

哥培嚷道：「死了。」

能特道：「並沒有，他的心臟還在跳動。」他一手按住病人的胸部，一面說道：「心臟還在動，照目前情形看來，逼他恐怕也沒用。」

哥培道：「那麼再去請醫生。」

能特道：「且慢，讓我想想。」說完，撐著手杖在室內來回踱著，有時走到窗前，有時站定沉思，後來說道：「哥培警佐，我要先回去了，你留在這裡吧！」又道：「現在他正睡著，不可驚動了他，而且一刻都不能離開視線，這病人比任何東西都重要。」

哥培連忙應是，能特又再三鄭重囑咐外面看守的警察，千萬不可離開，無論是誰也不能放他進去，吩咐完畢，便匆匆地走了。

翌日早晨九點鐘，大偵探能特又蒞臨敦門街的賊窩，見推事亨陶正在盤問，瞧他的臉上比平日更加喜悅，似乎這次的事全是他的功勞，與能特毫不相干。

只見他說道：「你恐怕還不知道，亞森・羅蘋到底被我們拿住了，無論什麼事，再沒有像這次的轟動過，全市市民都在談論這件驚人的大事，我們居然捉到了大盜亞森・羅蘋。」說時俯身對羅蘋笑道：「羅蘋先生，今天可怠慢你了。」

能特也不去理會他，只問一個警察道：「事情有沒有變化？」

答道：「沒有。」

又問：「今天早晨可曾送過咖啡給哥培警佐？」

警察道：「這個……」

能特道：「這個什麼？我不是昨天吩咐過你的嗎？」

警察道：「我送過咖啡，但按了很久的鈴，卻總沒有回音呀！」

能特道：「絕對沒有這回事，讓我去看看。」

亨陶道：「大概是他睡著了。」

能特走到室前，取出昨夜由老人身邊搜得的鑰匙，開門進去，剛一進門，便雙足立住了愣在當場，後面推事跳過來道：「怎麼？到底是怎麼一回事？」

原來昨夜床上那個奄奄一息的病人已不知去向，那個負有監守責任的警佐哥培卻像蝦子一般蜷在椅子裡，睡夢方濃。

推事道：「這下可好，模範警官也在打瞌睡了，能特先生，你瞧這個病人竟不告而別，這到底是怎麼一回事？總之，是你的警備太疏忽了。」

能特沒去理會推事，手摸著手杖的金柄，尖銳的目光向四周巡視著。

推事道：「這又是亞森・羅蘋神奇的本領呀！」

能特冷冷地道：「有什麼神奇？」

推事道：「他能在這嚴閉的室中，在警佐的監視之下運走病人，怎能不嘆他神奇呢？」

能特道：「哥培定是被麻醉劑迷倒了。」

推事道：「話是這樣說，但總有一個施用麻醉劑的人呀，這人是從哪裡出入，總不能從空中搬去病人的呀，你瞧四周又無別的痕跡，怎不令人稱奇呢？」

過了一個鐘頭，哥培警佐才清醒過來，對過去所發生的事，一點也不記得了，據他說，在半夜裡，他口很渴，喝了些水瓶裡的水，便人事不知了。

於是他們找尋水瓶和杯子，但一件也沒有了，連病人脫下的衣服也不見了，再細心一看，牆壁上用針刺著一張名片，上面刻著亞森・羅蘋的名字，下面有一封公開的信，上面寫道：

親愛的能特先生：

在你開始偵探之前，得把這事的開端回想一下。

事情是這樣的，四月十六日，有一個某人——你記著是一個某人，帶了一個共犯，光臨了公園旅館卡世白先生的房間，得到了他保管箱的鑰匙和暗語而去。隔天發現了卡世白先生被殺的事，接著又殺死了二個手下，這個某人，卻有意留下了一張名片，因此這個強盜和殺害三人的凶手，便可指定是我亞森·羅蘋了。

我對於這兩個誤會不得不提出抗議，像先生你這樣的人，當也能料我不是殺人的凶手，因為我一向抱著不殺人主義，還有那斷定我是盜取卡世白東西的事也得更正，卡氏房內的某人絕不是我，先生是素悉我的，我對有聲望的紳士絕不肯失禮，不料那凶手竟敢冒了我的姓名，步了我後塵，既奪去了紳士的財物，又把他一刀送命，我一想到他這種卑劣的手段，連自己也慚愧起來。

在昨夜，那愚魯的頭領三里陶和麥克，還有那麥克的老下人都被你們捉住了，告訴你，他們以前原也是效忠於我的黨人，如今不過冒了我的姓名，自取被捕之禍。我當然不能袖手旁觀，你們想，像亞森·羅蘋這樣的人，怎能這樣輕易地被你們拿下。

在過去四年中，我只是看看書，玩玩狗，退隱著過那怡然的日子。此次我是萬不得已，為了我的名譽不得不現身說法，我既有了這樣的決心，當然也得插身在這次卡世白一案的戰場中，一顯我的本領，和先生決一雌雄，現在這第一場戰爭中，我奪去了親王呂亞賽。還得警告你，我不能坐視那幾年前為我出力的部下將士受那牢獄之苦，所以預備在第五星期，即五月三十一日，星期五那天，劫回那假亞森·羅蘋三里陶和麥克等人。

請記住，五月三十一日！

末後，我還得請你原諒我，這封公開的信，須得在巴黎各報紙上發表出來。

在巴黎的各種晚報上果然刊出了這封奇怪的信，幾百萬市民瞧了這封信，一個個都驚訝不已，想不到哥培警佐所視為亞森・羅蘋的人，和那大偵探當作亞森・羅蘋而拿下的人，竟不是羅蘋自己，這真正的亞森羅蘋又發表了這封大膽的信，他們將怎樣對付他呢？

十 俄羅斯公爵

位處塞納河旁的那條里渠街盡頭，有一所別墅似的建築物，雖有很大的園子，卻總帶著幾分陰森之氣，這是蘋羅薩公爵的臨時住所。

公爵是俄羅斯貴族中最有名的人物，現在暫住巴黎，在各大報的名流消息欄內，常常有他的一舉一動登載著。

公爵年約三十七八歲，栗色的頭髮，已有幾根白了，身體十分健康，嘴邊蓄著濃鬚，面頰上的短鬚剃得和面色差不多認不出來，白衣的背心上套著一件黑衣，神態很是莊嚴。

現在是上午十一點鐘，他走進樓下的書房中去，自語道：「今天一定很忙。」

他把隔壁客室的門一開，裡面已有五六個客人等候著，公爵叫道：「貝勃，請進來。」

進來的是個矮胖而健康的商人，公爵道：「貝勃，事情怎樣？」

貝勃道：「很順利，我已照你那封信上的吩咐，好好地勸卡世白夫人，她現在已住在清靜的伽而司村了。村子的南邊，有四間相連的屋子，四周有庭園，夫人選定了裡面的一間，這宅子有個很風雅的名稱，叫做惠風廬舍。她用的兩個婢女，是姊妹二人，一個叫得珠，一個叫茜珠。卡世白先生死後，帶來公園旅館的是得珠，她倆表面上雖是主婢，實則是很好的朋友，茜珠是後來才來的。」

公爵道：「管賬的艾米怎樣了？」

貝勃道：「早已辭職，據說回家了。」

公爵道：「夫人有沒有和外面的人交往？」

貝勃道：「絕對沒有，她從慘案發生後，身體大壞，每天總是橫倒在沙發上哭泣，昨天推事在那裡逗留二個鐘頭，不知問了些什麼話。」

公爵道：「還有那位姑娘呢？」

貝勃道：「羅伊嗎？她住在一條通往鄉下去的大街上，和她的祖母黑西夫人同住，她替附近的小孩和失學的成人設立了一所學校。」

公爵道：「你說羅伊和卡世白夫人成了莫逆之交，這話真的嗎？」

貝勃道：「羅伊為了學校的募款，曾和夫人談過話，兩人很投機，所以從此來往密切，這幾天在史達尼公園裡常看到她倆的足跡。」

公爵道：「她們大約在什麼時候出外？」

貝勃道：「每天五點到六點，到六點鐘，羅伊就要回校了。」

公爵道：「一切都預備好了沒有？」

貝勃道：「預備好了，只在今夜行事得了。」

又問：「不會有人看見吧？」

答道：「那公園裡一到晚上便沒半個人影。」

公爵道：「那好，你去吧！」

貝勃既去，公爵便又喚來紫齊西兄弟，不多時，進來二個目光銳利的青年，公爵道：「你們倆都來了，很好，警署中可有什麼事情發生？」

小紫齊西道：「一點也沒有。」

公爵道：「能特科長仍很信任你們嗎？」

答道：「除了哥培警佐以外，要算我倆最受科長信任了，你只要看他每天總是派我們到公園旅館裡去監視二樓的住客們，他每天總到旅館裡來一次，由我倆報告一切，那些報告卻都是我們通知你老的話。」

公爵道：「好極了，警察署的一切行動，我能這樣地明瞭，那我定能獲勝了，有什麼發現？」

小紫齊西道：「那租著一間臥室的英國籍婦人已經走了。」

公爵道：「她倒不必怎樣注意，但還有那鄰居，一個自稱哈路彼少佐的人怎樣了？」

大紫齊西道：「今天早上，哈路彼忽然帶了行囊，坐了汽車，到伽而登火車站去了。我們忙跟去時，他已搭乘十二點五十分的火車走了。」

公爵道：「那麼少佐的一條線索已經失去了嗎？」

二人點頭稱是，公爵道：「真的嗎？」

兄弟二人變色道：「你是這樣想的嗎？」

公爵道：「自然這樣，那秘書瓦馬的屍首，是發現在少佐的室外，這是凶手先把他在空室殺害了，然後再運到走廊裡，急忙更換了服裝，再裝做沒事的樣子，殺死茄曼和卡世白他都是共犯。那少佐是凶手或共犯，這時還不能下斷語，但總是其中的一人，現在你趕快打電話去跟能特科長報告，快去吧！」

說完又仔細囑咐了一些話，兄弟倆便出去了。

這時客室裡還剩二人，公爵喚了一個進去道：「對不起，醫生，勞你久候了。那親王呂亞賽的病勢怎麼了？」

醫生道：「死了。」

公爵道：「可有留下什麼話？」

醫生道：「一句也沒有。」

公爵道：「我們把他移到佩丁街秘宅以來，誰也不知道他就是死者卡世白暗中尋覓，和那警署竭力找尋的親王呂亞賽嗎？」

醫生道：「誰也不知道，並且我怕人發現那個斷指，便把他的左手綁了繃帶，臉頰上的傷痕恰好被長長的鬍鬚遮蓋住了，所以沒人知道。」

公爵道：「你一直守在旁邊嗎？」

醫生道：「絕沒有走開，並且我照著你的話，趁他清醒的時候想盤問一切，但他只是不斷發著囈語，一句也聽不懂。」

公爵聽了醫生的話，喃喃地道：「呂亞賽真的死了嗎？卡世白一案，他是個最重要的人物，如今他死了，他的歷史，過去的事情，一點也不明白，我仍得在黑暗中摸索，這可太危險了。」

忽然公爵臉色一變，很快活地道：「不對，他的死，也許是我的幸運，命運這東西是再神奇不過的，醫生，你可以回去了，我在晚間前再來拜訪你。」

醫生便行了一禮，也出去了。

十一　薄命詩人

最後留下的一個客人，是個白髮而矮小的人，裝束像下等旅館中的侍者，公爵喚他進來後，他便道：「公爵，上星期你吩咐我注意一個年輕人後，我便趕到罕而賽市的旭明旅館裡去充當擦鞋匠。」

公爵道：「不錯，黑育介，我命你注意那個霍得里，後來怎樣了？仍是抱著厭世的念頭嗎？」

黑育介道：「他大概是要上吊，所以買了繩子和鉤釘來，鉤釘已釘在天花板上。我得了你的吩咐，去盤問他，他很真切地對我說，因為靠筆墨不能過活，所以想一死了之，我便叫他來求你，告訴他有一位蘋羅薩公爵新從俄羅斯到巴黎來，此人很富有，且肯做慈善事業，你去求他，他定能助你。」

兩人正談論時，下人送進一張名片來，公爵一瞧：「霍得里？快請他進來。」

下人去後，他便命黑育介躲入更衣室內，不要出聲。

接著進來一個高瘦的青年，兩目紅紅的，似乎害著熱病，他走到門口，不覺躊躇起來，心想像叫花子一般求人，很難以為情。

公爵道：「你是霍得里先生嗎？」

他答道：「是，是我。」

公爵道：「我沒有見過你。」

他道：「是這樣的，有人把公爵的情形告知我的。」

公爵道：「是誰？」

他道：「是小旅館裡的侍者，他說曾給公爵充當過下人的。」

公爵道：「這且不去管他，請問此來有什麼貴幹？」

霍得里聽說公爵是慈善家，卻不知他這樣的傲慢，道：「是的，那人說先生是個有福的人，又是個慈善家，大概能同情我……」說到這裡，再也說不出懇求的話來。

公爵走到霍得里跟前道：「霍得里先生，你不是出版過一本叫做『春的微笑』的詩集嗎？」

霍得里一聽，便露出高興的樣子來道：「是的，先生也看過嗎？」

公爵道：「是的，確實有幾首好詩，我很佩服你，那麼，你想寫詩維生嗎？」

霍得里道：「是……」

公爵大笑道：「哈哈，你倒很自信，那麼請到明年再來見我吧！什麼都可商量，哈哈哈哈哈！」

公爵殷勤地把霍得里送到門外去了，當下喚出黑育介道：「你聽到沒有？」

公爵道：「你方才說今夜他等候著來的一封電報是答應援助他的，可是嗎？」

答道：「是的，這是他最後的一線希望了。」

公爵道：「這東西一到他手就完了，送來時，你把它藏起來，撕破它吧！」

黑育介道：「知道了。」

公爵又道：「但你可別被人瞧見了。」

黑育介道：「這個你儘可放心，旅館中一到晚上，便沒有別人了。」

公爵道：「很好，那你去吧。」

公爵回到裡面，按鈴喚進下人道：「把帽子、手杖、手套拿來，預備好汽車。」

他換好衣服出來，坐入一輛很華麗的大汽車，先到希多侯爵邸中，赴了約，二點半鐘，在俱樂部裡約了一個醫生到花宮花園，三點鐘，和義大利人虞笛悌少佐鬥了一回劍，砍傷了少佐的一個耳朵。

三點三刻到五點二十分，在俄羅斯俱樂部的紙牌室中贏了四萬七千元出來，便吩咐司機華克達開往伽而司村，到了史達尼公園牆外已經五點五十分鐘了。

公爵見這史達尼很荒蕪，但那金碧輝煌的餘跡還和拿破崙三世皇后尤琴妮住著的時候差不多，南邊有五所一色的房屋，用一樣的牆圍繞著，很大的園圃裡，花草茂盛，他暗想中間的那間便是卡世白夫人的住所了，一面想著，一面穿過公園，向著湖邊踱去。

走不多時，忽然在樹叢綠蔭中站定了，原來瞧見對面湖口一條橋上，有兩個女人靠著橋欄站著。

公爵自語道：「不知貝勃等那些人在哪裡，大概躲得很好吧！」

這時那兩個女人已離橋向草地上的小徑走去，微風吹動，送來陣陣的花香，忽然草叢中跳出三個男子來，兩個女人見了，不由得驚恐起來，

有一個男子，攔住那較矮的女人，要奪她手中的錢袋，女人們便驚呼起來，公爵便從樹蔭中跳出來，向湖邊趕去。

那三個男子見有人來，便慌慌張張地想逃走，公爵正想趕去，忽聽其中一個女人叫道：「先生，對不起，我的同伴不太對勁。」

公爵一瞧，見那較矮的女人臉色泛白倒在地上，便過來問道：「受傷了嗎？」

女人道：「沒有，不過受了些驚嚇，請留在此地，先生也許知道，她就是卡世

白夫人。」

公爵驚訝道：「喔，她就是卡世白夫人嗎？」

公爵像是早已預備好的，忙拿出嗅鹽來，女人接了湊在卡世白夫人鼻上，公爵又拿出一個小瓶來，說道：「這裡面有著藥錠，妳給她吃一顆，可不能多吃，這是強烈的藥。」說時，不住地對那女人瞧看著，見那天仙也似的體態，真有說不出的美來，心想這一定是羅伊了。

這時卡世白夫人已漸漸醒來，睜眼一看，過了一會兒才彷彿記起方才的事來，對公爵點了點頭，表示謝意。

公爵道：「失禮得很，我替自己介紹吧，敝人是蘋羅薩公爵。」

夫人低聲道：「我不知該如何答謝你。」

公爵道：「不用道謝，我並不是來搭救妳的，只是湊巧罷了，也是我幸運，能夠會見夫人，我扶妳回去吧！」

數分鐘後，夫人已至惠風廬舍的門前，對公爵道：「我有一個請求，就是遇見那賊人的話，千萬別對人說起。」

公爵道：「但是要捉拿他，不得不被人知道。」

夫人道：「不必捉拿，否則又有警察來盤問一切了，我已累得如此，再也惹不起麻煩了。」

她這樣說了，公爵也不便多勸，只道：「我們既成了朋友，以後能否常來拜訪妳？」

夫人道：「歡迎你來。」說完便和羅伊親了個吻，進屋去了。

這時已是暮色蒼茫，公爵見羅伊在樹下走著，差不多要迷路了，忽然走出一個老婦人，羅伊呼一聲祖母，便奔跑過去。

老夫人雙手抱住她，道：「羅伊，今天怎麼這樣慢，你是很有時間觀念的呀！」

羅伊忙替兩人介紹道：「這是蘋羅薩公爵，這是我的祖母黑西夫人。」

於是羅伊又把剛才的事對祖母說了，祖母道：「唷，真可怕！多謝這位公爵，救了我可憐的羅伊。」

羅伊道：「祖母，現在我已平安回來，什麼都不用擔心了。」

三人沿著草徑，走進一個矮籬，這便是遊戲場，後面是一棟白色屋子，老夫人請公爵進了會客室。

羅伊因小學生們將用晚餐，便告辭出去，屋裡就剩下公爵和老夫人。

老夫人頭髮已白，長長的髮捲垂在二邊，瞧她的衣服面貌倒像是貴婦，公爵一瞧四下無人，便走過去捧住她的頭，親著她的兩頰，低聲道：「奶媽，好久不見了。」

老夫人嚇呆了，道：「是你嗎？我真想不到呀！」

公爵笑道：「是我，妳是奶媽黑西呀，好久不見了。」

老夫人道：「你別這樣叫我，黑西早已死去，我是羅伊的祖母了。」說時又低聲道：「今天相遇，真是意想不到，我在新聞上曾看到你的名字，說你又要出來幹什麼壞事了，這是真的嗎？」

公爵道：「一點不錯。」

夫人道：「但從前你和我約定好，說以後不再做壞事，將正直做人。」

公爵道：「不錯，這四年中，妳總沒有聽到過我的惡評吧，我老是悶在家裡，如今卻再也忍不住了。」

夫人嘆了口氣：「那麼卡氏一案，和你有關嗎？」

公爵道：「是的，否則我也不會到這裡來了，這次搭救的卡世白夫人，實在是一幕戲呀！我預先派了三個人去搶夫人的東西，然後我再跳出來相救，居然達到了目的，夫人把我當作恩人，從此我便可得勝了，不論做什麼計畫都可以達到目的，奶媽，像我這樣的人，不能受小小的禮節束縛，所以便像野豬似的衝過來了。」

老夫人擔心地瞧著公爵道：「不錯，但那羅伊恐……」

公爵道：「羅伊嗎？你想從前我在這女孩身上何等辛苦，不料現在卻變成陌生人，如今又能相識結交了。」

「從前你把這小女孩帶來，說她父母雙亡，麻煩我撫養她長大，如今她已是個美麗的女子，也是我愛如掌珠的孫女，我絕不讓你這種人染指她。」老夫人哀求道：「請你饒了我倆罷，現在我們的生活幸福無比，我以為你已忘記我們了，所以感謝著上帝，但愛你的心，仍是和以前一樣呀！」

公爵道：「現在不必多講，我一定得和羅伊談話。」

夫人道：「你要對她講些什麼？」

公爵道：「一個非常重大的秘密。」

說時，恰恰羅伊進來了，臉上快活地說道：「小孩子們都去睡了，我便可以休息十多分鐘了，哎呀祖母，妳不舒服嗎？還是妳擔心著剛才的事？」

公爵道：「沒事，我已好好安慰過她了，適才講起妳小時候的事，所以不免感動了些。」

羅伊紅了紅臉道：「我小的時候嗎？」

公爵道：「妳可別怪妳祖母，也不過是偶然談起，實在妳生長的那個村莊，我是常去的，因此講到了妳。」

羅伊道：「亞司哈村嗎？」

公爵道：「正是，那時妳住在一所白色小屋中。」

羅伊道：「是呀，除了窗框是青色，其餘全是白色，那裡的景象，無論是一草一物我都還記得很清楚，我在七歲時便離開那裡了。」

公爵道：「我在那裡曾好幾次見過妳的母親，所以剛才一見了妳，便想起妳那母親的模樣來了，妳的面貌比妳母親長得更活潑。」

羅伊道：「我母親真可憐，她一生也沒有得到幸福，在我誕生的一天，父親便去世了，以後更有誰來安慰我的母親？她每天都浸在淚水中，我那時常常替她拭淚，那拭淚的手帕，至今我還保留著。」

公爵道：「可是一塊小手帕，有粉紅色的花紋的？」

羅伊詫異道：「你也知道嗎？」

公爵道：「妳勸慰母親時，曾有一次被我看見，妳那勸慰的神情，至於還深深刻印在我心坎上。」

羅伊聽說，注目公爵道：「是呀，不錯，我原覺得你的神情，你的聲音……」說到這裡，她像是在追溯往事般，一面又說道：「那麼你認識我的母親了？」

公爵道：「在亞司哈村裡，我有幾個朋友，時常碰到妳母親，最後一次遇見時，她的臉色很陰沉，聽說……」

羅伊哀傷道：「就死了，可憐她只有二三個星期的病，等我留心看時，已經斷氣了。村中人都勸我別傷心，一天早上，我母親的屍首不知被村中人運到哪裡去了。就在這晚，忽然有人在我睡夢中用毯子裹住我，把我抱了出去。」

公爵道：「這人可是個男子？」

羅伊道：「是的，但他對我說話的聲音很柔和，所以我並不害怕，那夜我便整夜地坐在馬車裡，這人講童話給我聽，哦，一樣的聲音……一樣的聲音。……」

說時羅伊的目光，更注意地瞧著公爵。

公爵又問道：「他把妳帶到哪裡呢？」

羅伊回想道：「這我就不大清楚了，好像是沉睡了五六天，到了漢多邑的蒙德街才回過神來，那裡的伊薩拉夫婦撫育我長大，他倆的大恩大德，我至死不會忘記的。」

公爵道：「這夫婦倆可是又死了嗎？」

羅伊道：「他們倆是害了流行性傷寒症死的，在他倆的病中，我又和前次一樣地被人領走，那時我已長大，想叫喊，但那男子卻在我口裡塞了一塊絲帕。」

公爵道：「那時妳幾歲？」

羅伊道：「是十四歲，恰在四年以前。」

公爵道：「那麼妳總該瞧清楚那男子的面貌了呀！」

羅伊道：「不，他把臉完全包住了，又不曾開一聲口，但我注意那人的行動和身材，卻明明是同一個人呀！」

公爵道：「那後來怎樣？」

羅伊道：「那時我只知道害著熱病，昏沉沉地睡覺，等到醒來時，已在一間又明亮又華麗的房間中了。眼前站著一位白髮老夫人，對我微笑著，這就是我的祖母，那地方就是樓上我自己的臥室。」說到這裡，欣喜萬分，又道：

「那天晚上，這位老夫人發現我正睡熟著，便把我帶了回來，做了我的祖母，辛辛苦苦地教養我，在這四年中，使我這亞司哈村的鄉女也知道從和平辛勞中尋得樂處。」

公爵道：「那麼那男子之後妳沒有聽到過？」

羅伊注目道：「正是，公爵，你知道那男子嗎？」

公爵道：「不知道。」說完便站起來，在室中踱著，時常瞧著羅伊，像是要對她再說得詳細一點，但那老夫人可急壞了，因為公爵的一句話，可以斷定她的禍福。

後來公爵在羅伊身旁坐下，說道：「像妳這樣的美貌女子，在我眼中實是少見的，妳的一切舉動，都能表示妳是具有無上幸福的，瞧妳的模樣，倘我對妳亂說了些什麼，就難免要破壞妳的幸福，因此愈是愛妳，倒愈是擔心到這一層了。」

老夫人也接口道：「真是這樣呀！」

公爵道：「妳對這些小孩子們教教文法，算術，以為很好麼，是什麼理由？」

羅伊道：「這是我應盡的職責呀！」

公爵道：「不錯，從事教育是天職，但妳那班高徒都是些頑劣不堪的孩子呀！」

羅伊笑道：「正是為此呀，這個意志是在我小時候便有的了，記得在我念書的時候，常常模仿老師，在下課的時候，教導同學功課，直到現在，我還覺得這是一個至高無上的事業。」

公爵聽了這篇思慮極深的話，點頭笑道：「我實在除了佩服之外，沒有別的話好說了。這種事，除了有大智慧，有果敢和自願犧牲的人，絕不能辦到的。」

羅伊搶著道：「公爵不是很富有嗎？」

公爵道：「還過得去。」

羅伊道：「我可是窮得很呢！我祖母的一點積蓄都被我創辦學校花完了，由於開支太大，大半的學生都是窮人之子，須由我供給他們食宿，並且我心裡還想再加些學生，倘能得到補助，便可去請幾位教師來，公爵，請你贊助些經費罷。」

公爵聽了，便摸出錢袋來，點了五千元鈔票給她，羅伊忙道：「這太多了。」

公爵道：「這是我的佩服費，這樣一來，我的心中也舒服多了。」

羅伊道：「既然這樣，我就不客氣的收下了！」回頭對祖母道：「妳也該休息了，我回去和小孩子道晚安，使他們入睡。」又伸手向公爵道：「謝謝你。」

公爵忙問道：「妳要走了嗎？」

羅伊道：「對不起，我不送你了。」開門出去時，又回頭嫣然一笑才姍姍離去。

老夫人嘆道：「你到底沒有說啊。」

公爵道：「改天再談罷，說也奇怪，今天我竟沒有勇氣說了。」

夫人道：「這樣難嗎？她已推想到你就是兩次運走她的男子，只是沒有說出來罷了。」

公爵道：「她並不真的確知是我，所以我等到她過著幸福的生活時再說出來。」

夫人搖頭道：「你可轉錯念頭了，羅伊是個樸實的女孩，一點也不懷念奢華的生活。」

公爵道：「但女孩子總是女孩子，能夠得到金錢和勢力，當然是高興的。」

夫人道：「羅伊不是這樣的。」

公爵道：「妳所擔心的，不過是怕我把她引到我的黨羽中去，我絕不會這樣做，就是將來，她和我也難得會面，再會罷。」

公爵從學校中走出，走到汽車停著的地方，心裡不由得愉快了許多，暗道：「真可愛，面貌酷似她的母親，莊嚴中含著溫柔，見了她，鐵石心腸也不得不軟化。不錯，我得給她幸福，並得立刻去做，就在今晚便得開始。」

十二　重生

公爵回到家裡，先用電話和醫生納茄佛接洽了一下，然後換了身衣服，在俄羅斯俱樂部裡用了晚餐，再消磨一回，又上了汽車，問司機道：「什麼時候了？」

司機答：「十點半。」

公爵道：「太遲了，你快趕到納茄佛醫生處去。」

不到十分鐘，便到了醫生的寓所，納茄佛已聽到車輪聲，自己出來了。

公爵道：「準備好了沒？」

醫生道：「已裝好袋子，緊緊縛住了。」

「一切都沒有問題嗎？」

「都照著你電話中的吩咐做的。」

「那麼上車吧！」

一個長袋子被裝進了汽車，瞧上去像是人的身體，看起來很重，公爵吩咐司機道：「華克達，在旭明旅館門前停下來。」

不多時，到了目的地，真是骯髒不堪。公爵在某一家的小門上叩了幾下，當即有人出來開門，他就是那個混充擦皮鞋人的黑育介。

公爵問道：「事情怎樣？」

答道：「連繩圈也已做好了。」

公爵道：「現在是十一點四十五分，只差十五分鐘，這青年就得離開這個世界了，黑育介，你隨我來，醫生請暫時在此。」

說完黑育介便拿起燭火，走上樓，兩旁都是閣樓一般的房間。走到盡頭，有一個木梯，覆著一條發霉的絨毯，公爵道：「不會被人查覺嗎？」

答道：「不會的，你可別弄錯，他在左邊的房間。」

公爵道：「我知道，你下去吧，十二點鐘一到，你便和醫生及華克達把袋子搬來，在此刻我站的地方，等候我的傳喚。」

公爵說完，便小心翼翼地走完十級木梯，把右室的門開了，這時有一線亮光透入，他順著光線走去，那隔著的牆上，有一塊碎玻璃嵌著，還掛著窗簾，公爵扯開窗簾，湊上眼去瞧時，見裡面一張破桌前，坐著那青年霍得里，不知正在想些什麼，天花板上釘著一只鉤釘，下垂一條細繩，一頭已打好一個活結。

忽然青年拿起寫好的紙讀了一遍，覺得很不合意，便把它用火燒了，然後又伸出顫抖的手，拿起筆寫了二、三行字，草草地簽上姓名，正在這時，街頭的時鐘打了十二下，他跳上椅子，握住繩子，他想到自己的命運真是苦透了，如今他已沒有父母、親友，還有什麼拋不下呢！

想到這裡，便決然地把頭伸進繩圈，那活結便隨那加重的重量，漸漸嵌入肉中，他用力把椅子一撐，身子便高高地掛在空中了。

可怕的時間一秒秒地過去，霍得里的身子不住地掙動著，兩腳似乎是在找尋可以踏足的東西，不多時，全身便垂直不動了。

過了幾分鐘，這位蘋羅薩公爵從那扇玻璃的小門裡走了進來，不慌不忙地在桌上取了那張遺書來讀道：「我已決定自殺，不論是誰，請不必來中止我的意志，四月三十日，霍得里。」

公爵把遺書看完，便放在桌上很易瞧見的地方。扶起跌倒的椅子，放在霍得里的腳下，自己立了上去，一手抱起霍得里，一手解鬆了活結，套出頭顱，那挺硬的身體便倒在公爵的手臂上。

公爵把他放在桌上，自己跳了下來，再把他移到床上，然後開了走廊中的門，低聲道：「都在嗎？」

樓下便有人答道：「都在，可要搬上來？」

公爵道：「搬上來。」

於是三人掮了那汽車上載來的袋子走上樓來，放在桌上，公爵用力割破袋口，裡面有一塊小方帕，移去白布，便現出一個可怕的東西來，原來正是那親王呂亞賽的屍體。

公爵道：「黑育介，華克達，快把這死人套入繩圜去。」

於是這親王呂亞賽代替了霍得里高高懸掛在空中，公爵道：「妙極了，你們去吧，醫生，明天早上你一定得到此來，這死者是霍得里，有遺書，明白了嗎？那時檢驗官和警官也一定到此來，你須得留心，那死者左手的小指斷缺一點，右頰上有疤，可別被他們瞧到了，還有警官的報告書也得相同，要使警官記錄你的陳述才好。」

醫生道：「這些不難辦到。」

公爵又道：「還有，遺體要立刻埋葬，別送到驗屍所去。」

醫生道：「這可難了。」

公爵道：「一定得辦到，那邊你診斷過了沒有？」說時指著床上。

醫生道：「診斷過了，呼吸很勻，五六分鐘後便可醒了。」

公爵道：「很好，請在樓下等我一等，我還有要事相商呢！」

醫生去後，公爵獨自坐在室中吸菸，消磨時光，忽然聽到一聲嘆息，公爵急忙跳到床前，見霍得里已經活動，胸部起伏不定，兩手在頸部用力抓著，不多時，他坐了起來，氣喘喘地出了一身冷汗。

他瞥見了公爵，又對公爵看呆了，簡直如著了魔，露出極可怕的面色，他摸了自己的咽喉和脖子的周圍，又大叫了一聲，身體顫抖起來。

公爵再走近一步，這時霍得里猛地裡瞧見繩上吊著一個人，不覺嚇了一跳，搖晃地靠住牆壁，心想那吊著的是我嗎？我已經是鬼了嗎？還是沒有死絕，是神經感觸的幻象嗎？

他兩手亂動著，但因神經過乏，昏倒在地上。

公爵笑道：「真妙極了，詩人的情緒到底容易衝動，他的精神已很紊亂，現在可是寶貴的時間了。」

說時，抱起霍得里進了隔室，在他額上噴了些冷水，又給他嗅了些嗅鹽，這回他立刻清醒了。

他一醒來，見天花板上的幻象已經沒了，並且桌子，窗子，火爐都已更換了位置。這回他可想到自己做的事情了，覺得咽喉發痛，忙問道：「公爵，我是在夢中嗎？」

公爵道：「你並沒做夢。」

他又道：「既然沒做夢……」這時他想起來了。

「喔，記得我是打算自殺的，我還……」他自語道：「這是幻象呀！」

公爵道：「什麼幻象？」

霍得里道：「繩上的一個人，唉，那是夢呀！」

公爵道：「這也是事實。」

他叫道：「你說什麼？我若是在做夢，那請你喚醒了我，否則還是死的好，但我已真的死了，不過我那死屍不知怎的還要來嚇我，我已想盡了腦力，請告訴我吧！」

公爵一手按著霍得里的頭說道：「你且聽我說，你的精神和肉體仍存在世上，但一方面，那霍得里已經死了，明天戶籍名冊上，你的姓名便要添上某年某月日死亡的一行字了。」

霍得里叱道：「胡說，我不是明明活著嗎？」

公爵道：「你已不是霍得里了，霍得里在隔壁室中，他吊在細繩上，桌上還有他親筆簽的遺書呢！一切都照著順序，絕不能改變，霍得里已真的死亡了。」

霍得里聽得一臉疑惑。

公爵道：「請吸支菸，振作些精神。」說時替霍得里和自己點上菸，然後說道：「那已死的霍得里就是你，是個厭世的詩人，以後重生的你，是個財勢兼備的人，你希望嗎？」

霍得里問道：「這是什麼意思？」

公爵道：「這次也是機緣巧合，我見你年少青春，而且相貌堂堂，生性又聰明，而且是個詩人，就是你這次自殺的行為看來，可見你的處世之法很有決斷，照這種特性，實在很難得，我很欽佩你的特性，想利用一下咧！」

霍得里道：「那麼你打算要我怎樣呢？」說時呆呆地瞧著公爵。

公爵見問，便指著他咽喉上的傷道：「你既不希罕你的性命，那麼我想順了我的偉大的計畫，把它改造一下。現在你已得了自由，可不必再呻吟嚷苦了，世界上的人都及不上你，你可以昂首闊步。總之，你把性命交給我就是了。」

霍得里道：「你到底是什麼人？」

公爵道：「旁人當我是蘋羅薩公爵，在你任憑當我是誰好了。」

霍得里道：「你到底是誰呢？」

公爵道：「是耶穌基督，是世界的王，無論是什麼願望，意志，都能達到目的，絕沒有人來阻止我，世界上最大的富豪，再也沒有像我這樣富有，因為他們的財產都像是我的一樣；無論世上哪一個強國也沒有我強大，因為他們的權勢全在我的掌握中，我都能使喚呢！」說時，又抱著霍得里的頭道：「你願做一個大富豪嗎？做一個有權勢的人嗎？未來的幸福，愉快，都由我來賜給你，我可以給你極大的榮譽，你可願意接受嗎？」

霍得里連連答應，道：「但不知如何做法呢？」

公爵道：「你不用怎樣做，我的計畫已替你準備好一切，你只管去寫你的詩，金錢任你使用，隨你及時行樂，過那幸福的時光。」

青年道：「那麼我是怎樣的人物呢？」

公爵一指隔室道：「你已做了他了。」

青年反抗道：「不，他已死了，我希望過新的生活，是我自己的生活，而不是去冒充別人。」

公爵道：「你一定得做他，他是個有勢力的人，因為他自己不要，所以由你繼續下去，做他權勢的替身。」

霍得里道：「但這是犯罪的行為，這是不道德的。」

公爵用嚴厲的口氣道：「無論怎樣，你得當他，倘不願意，我能夠叫你活，也能夠叫你死。」說時取出手槍，頂著霍得里的頭道：「二者任你選一個吧！」

霍得里見公爵聲色俱厲，急得哭起來道：「我願意活著做人。」

公爵道：「你確定嗎？」

「我可以立誓，死的恐怖我已領略過了，不論是怎樣的事，即使是作惡犯罪都行，因為我要活著。」說時，面色苦痛已極，全身顫動著。

公爵道：「那麼來吧，只須十秒鐘，你便可得到無上快活的生活，快點，十秒鐘。」

於是公爵抱他坐在椅子裡，把他的左手五指平放在桌上，一手從袋裡摸出一柄小刀來，按在那小指的第一第二關節之間，喝道：「用你的右拳向刀背上打一下。」

霍得里握拳作勢，剛想打下，忽又停住道：「我不願意，我不願意。」

公爵喝道：「快點！這一下便可以做他，再沒有人當你是霍得里了。」

霍得里道：「他叫什麼名字呢？」

公爵道：「你先打了我再說。」

青年道：「我受不了這個痛苦。」

公爵催促道：「快打，打了便能得到金錢和名譽，還有愛情。」

霍得里道：「愛情也行嗎？」

公爵道：「你儘可去愛別人，那個未婚妻是個絕色的美人，純潔的處女正在等你呢，你快打吧！」

霍得里這時忽然恢復了本來的主見，從公爵手中掙脫開來，發狂似的逃往隔室去，忽的又逃了回來，原來他瞧見了那吊在繩上的人。

公爵重又拿起小刀，按住他的小指道：「快點。」

這時霍得里已面無血色，伸起右手，猛的一拳打下，呼了一聲痛，那小指便落下一塊肉來，當下他便昏倒了。

公爵走到樓下，見了醫生道：「你快上去，在他右頰上做一個和親王呂亞賽一樣的傷痕，須做得十分相像，我有事要出去，等會兒再來。」

醫生忙問：「去哪裡？」

公爵道：「不過是去吸些新鮮空氣，因為我有點頭昏了。」

公爵一到外面，搖頭自語道：「今天整整幹了一天，可真累極了，幸而一天之內結識了卡世白夫人和羅伊，又打造了一個新的親王呂亞賽，並替羅伊找到了一個佳婿，大事總算告一段落，我看能特刑事科長又得忙起來了。」

十三　三個秘密

五月三十一日的早上到了，上次亞森・羅蘋曾有信給刑事科長，說今天要把他的黨羽華伯等從監獄裡劫出來，所以今天各大報上都登載著關於這個預言的議論。

其中有一家最有權威的報館，竟登了一篇攻擊當局的文字，說道：

「回溯上月十七日時，我們發表了公園旅館裡那件可怕的殺人案，直到如今，一點也沒有動靜。在這案子本有三個線索，第一是那只菸盒，第二是ＭＬ二字，第三是賬房後面的包袱。可憐這三個線索上，竟一點也沒有什麼發現，那些警察，見二樓有旅客動身，便當作嫌疑犯，但並不去捉拿他們，因此直到現在，這件血案仍是石沉大海。而警察總監和能特刑事科長卻已起了爭執，科長明知自己的勢力小，內閣總理的庇護也很薄弱，所以傳聞已遞了辭職書。目前掌握辦案大權的，將要歸那平時和科長不睦的副科長偉佩了。換句話說，警方已自矛盾不已，案件更是糾紛不清了，這種情形，被那亞森・羅蘋看到，不是要笑死了嗎？從這等地方看來，我們便可深信，今天亞森・羅蘋定能救出他的黨徒來的。」

此外各個報紙上也都有這等攻擊的文字刊載著，因此引起了許多人的注意，預言這次的勝利，定是亞森・羅蘋奪得，於是警察署，地方裁判所以及森特監獄內，都嚴加防守。

誰知事出意外，大家巴望著五月三十一日，竟一點也沒有動靜，太平無事的度過了。一般人都大失所望，都說這次亞森・羅蘋也計窮了。

到了次日，忽然傳來一個驚人的消息，原來那麥克等一群囚犯忽然在獄中失蹤了，於是各報又大出號外。

當天午後六點鐘，巴黎日報發行的晚刊第三張上，登出了一段啟事，上道：

「本館在午後五點二十分，接得亞森羅蘋一封掛號信，現在發表如下：

『巴黎日報編輯先生，我先借貴報向公眾道歉失約，實在是昨天我要實行劫獄時，忽然想到昨天恰恰是星期五（按：星期五是耶穌受難的日子，習俗以為是不吉的日子，不行事）因此延期一天，在今天實行。還有一句話，我雖是一個萬事不瞞人的人，但這次劫獄的方法，卻不願意說出來，因為這種計畫，我自以為巧妙至極，所以深恐發表之後使許多人來仿效，將來再有機會，我會發表出來的。相信那時的讀者一定要驚奇不已哩，因為拆穿了是沒有一點難處的呀！』」

這信發表後一點鐘，內閣總理戈立麥便從電話中召來能特科長在內務部相會。內閣總理對刑事科長道：「能特，你昨天生病，但氣色倒很好呀！」

能特道：「我並不是生病。」

總理道：「那麼你是故意在家裡躲著，使人不防嗎？」

能特道：「也不是使人不防。」

總理道：「但因你不出來，亞森・羅蘋便得了機會，實行劫獄了。」

能特道：「這事怎能防備呢？」

總理不滿地道：「這是什麼話，亞森・羅蘋早已把劫獄的日期宣布，這是大家知道的，但那天卻毫沒動靜，剛放下了心，怎知他竟在第二日不知不覺地劫了去。」

能特鄭重地道：「總理，羅蘋的計謀像深淵難測，這次劫獄，不過是小顯身手罷了。我也因此只得袖手旁觀，坐視別人的失敗了。」

總理笑道：「警察總監和你不和，我已知道了，這且不管，但這次劫獄，他到底用什麼方法的呀？」

能特道：「我知道他們是從裁判所劫去，囚人仍坐著囚車到推事室中去，一到審問完畢，雖有人見他走出推事室，但沒有人見他出裁判所，誰也不能知道他們用什麼方法在哪裡劫去的。」

總理道：「可有什麼痕跡留下？」

能特道：「沒有，那天通往長官室去的走廊中，什麼律師啦，看守人啦，囚犯啦特別多，後來查了才知道，是有人假傳命令叫他們聚集到這裡的，他們以為是推事召集他們，誰知竟上了他的當了。」

總理道：「只有這點嗎？」

科長道：「不，在裁判所的院子裡，曾有人瞧見一個婦人跟了兩名兵士一同出門去，坐了門口停著的一輛馬車去的。」

總理道：「這事你看來是怎樣的？」

能特道：「依我看來，這是他們在裁判所那裡施行詭計。我早已說過，亞森·羅蘋的同黨各處都有，裁判所裡難免沒有他的同黨在，即使是警察所和我的四周也有他的同黨，這個驚人的大組織，比我們的刑事科規模還大，據說還有暗探等各種組織哩！」

總理道：「那麼你放手不管了嗎？」

「我也不是放手不管。」

「那麼你為什麼不想個對付亞森·羅蘋的辦法呢？」

「我已決定和他開戰了。」

「這是很好的事，但你還沒預備一切，他卻已在活動了。」

能特坐在總理的面前道：「總理，我在表面上雖很安閒地度日子，其實已被我探出了三個大秘密了，第一，我已知道亞森・羅蘋在這條黑局街上，利用一個假名，立下一個巢穴，每天接收各方面的報告，定那作戰計畫。照目前他在卡世白一案中的計畫，定當仍用這假名回來。第二，那個親王呂亞賽已被我找到了。」

總理道：「真的嗎？」

能特道：「在亞森・羅蘋未曾出走前，他把這人藏在某一個別墅裡，派了兩個手下人看護著，總理，兩人實在是我秘密派出去的間諜，是兄弟倆。亞森・羅蘋的一切舉動，從這兩人身上，我便瞭如指掌了。親王呂亞賽這個人在卡氏一案中非常重要，有很多的人想要挖出他的秘密，我既知道了他的地方，遲早總能在他身上探得案中的真相。

「那殺人的凶手因想謀卡世白所做的大計畫，所以先殺了卡氏。至於這個大計畫是什麼，須得在呂亞賽身上探得。那個亞森・羅蘋也正和凶手抱著同樣的希望呀！第三，昨天我得到一封寄給卡世白的信，發信日期是在二月前，郵戳打著南非好望角岬街郵局，裡面寫著：

『親愛的卡世白先生，我預計在六月一日前到達巴黎。但困苦的狀況，仍和受你救濟時一樣，不過那親王呂亞賽一事，實在大有希望，世上竟有這樣的大秘密，大約那所談的人已經發現了，目前已到達何等地步了，我很掛念。』

「這信是一個叫伊南百的人所發，今天已是六月一日，我已派人去打探那個伊南百，此事一定能得手的。」

能特說完，總理站起來說道：「能特先生，我有一句話請你原諒我，我勸你無論怎樣，還是把這案子拋棄不管的好，我已把明天警察總監和副科長偉佩氏的會面時間也定下了。」

能特道：「我都已知道了。」

總理道：「不見得吧？」

「總之你已明白我的計畫，一面我已預備下捉拿凶手的妙計，無論是伊南百和呂亞賽都會把凶手交給我。那個亞森・羅蘋我也慢慢地設法抓他，我有兩個信徒在他那裡做黨羽，必要時，也會探得那殺人的凶犯，所以我自信這次的事必能取得勝利，不過，在此我有一個條件。」

總理道：「是什麼？」

能特道：「須得給我充分自由活動的空間，長官用權力百般拘束，我不能接受。」

總理道：「我知道了。」

十四　親王呂亞賽

在巴黎近郊，有一條人跡稀少的神勇街道旁有個小丘，丘上造著一間別墅。

那時正是午夜十一點鐘，能特大偵探在街頭停下了汽車，小心地向別墅走去，忽然人影一閃，能特便問道：「可是哥培警佐？」

「正是，科長來了嗎？」

科長道：「我今夜到此，紫齊西兄弟可曾知道？」

哥培道：「知道了，連你的臥室也預備好了。」

當下兩人並肩走過別墅的庭園，悄悄地進去，在樓上遇見紫齊西兄弟，能特便道：「可有蘋羅薩公爵的消息？」

大紫齊西道：「沒有。」

能特又問道：「親王呂亞賽呢？」

答道：「除了在庭中散步外，總是睡在樓下，絕不上這樓來。」

能特道：「他很佩服亞森・羅蘋嗎？」

「只能說佩服蘋羅薩公爵，因為他還不知道蘋羅薩公爵就是亞森・羅蘋呀！但他真是個怪人，從不和人談話，這裡只有一個人能和他談笑，這人是個女子，似乎是蘋羅薩公爵由伽而司村帶來的，名叫羅伊。今天也來過，前後共來三次了。這呂亞賽很好色，正和蘋羅薩夢想卡世白夫人一樣。」

能特取了支菸，吸了幾口便放下了，和衣睡下道：「有什麼奇怪的事，便來叫醒我，沒有的話，便讓我熟睡到天明，別來打攪我，現在各自去辦事吧！」

過了兩點鐘，能特忽覺得有人推醒他，睜眼一瞧，見是哥培警佐，道：「科長，有人在開門了。」

能特道：「一個人呢？還是有兩個人？」

哥培道：「我在那月光裡看，只有一個人，他蹲在籬下。」

「紫齊西兄弟呢？」

「他們已繞到這人的背後，去截斷那人的歸路了。」

哥培於是拉了能特從暗中走到樓下的一室裡，說道：「千萬別動，科長，這裡是親王呂亞賽的更衣室，讓我去開他臥床邊的門吧！你不必害怕，呂亞賽每晚總是吃了安眠藥睡的，你先到這裡來吧，這裡是很好的隱蔽處，這是他的臥床，所以你躲在這裡，可以看清這房間的全部。」

這時新月已上，全室大明。科長和警佐同躲在床帳後面，很注意地對著正面窗上瞧著。不多時，隱約有東西相擦的聲音，哥培道：「惡徒爬窗了。」

能特道：「窗有多高？」

哥培道：「六尺光景。」

能特又道：「你去喚紫齊西兄弟躲在窗下，若有人從窗口逃出來，就立刻綑住他。」

一會兒，哥培出去了。窗口現出一個人頭，接著跨了進來，瞧去是個很瘦小的男子，全身穿黑衣，頭上戴著帽子，他爬了上來，向室內巡視了一回，又把身子蹲下去，便不見了。一會兒，忽然已直立在床前，漸漸地走近，連呼吸的聲音都可以聽見。

這時親王呂亞賽在床上翻了個身，胡亂地說了幾句話，又寂然了，那人已走得十分近，黑色的影子，在白色帳子上顯得更清楚，能特只要一伸手，便可抓住他了，只見他取出電筒，正對著呂亞賽的面孔一照，接著又取出一把明晃晃的刀來。

這人的面貌，仍然是瞧不清楚。能特仔細一想，這柄刀正和公園旅館內殺死三人後丟下的那柄一樣呀！他正想撲上去抓住他，但又竭力忍住了。首先，他想明白這人此來的目的，一看那人正舉起了刀，能特想：莫非他是來行刺的嗎？

後來又見他不像是要行刺，不過是預防他在呼喊時嚇嚇他罷了。

他俯身下去，對著呂亞賽的右頰瞧看，能特暗想這是他驗看是否是真的呂亞賽，那人的身體漸漸接近能特，差不多要碰著了。那人把刀和手電筒握在一隻手裡，一手慢慢地小心地來拉開床帳，不一會，親王呂亞賽的左手現出來了，他瞧著那左手，仔細瞧了瞧那斷去的小指。

呂亞賽這時又翻了個身，那電筒也急忙熄滅了。忽見那人的手又舉了起來，也許心理作用，但這會他不能再遲疑了，立刻跳出來用身子遮護了呂亞賽，一手推開那人，只聽見一聲呼喚，那人向窗口逃了出去。

能特立刻撲過去，用力抓住他的兩肩，那人縮緊了身體，又用一用力，預備掙脫了逃走，但能特這回可不能放他逃了，便一面把那人更抱得緊些，一面問道：

「快說，你是什麼人？」

但奇怪得很，能特把這人愈抱得緊，那人的身體竟像海綿似的縮得更小，像快要消失了似的。於是能特更沒命地抱住他，忽然全身一抖動，咽頭覺得很痛，原來那人從身下騰出一隻手來，把刀尖刺著他的咽喉，他的咽喉已被劃出一道鮮血。

能特便把頭略略向上抬起，想避開刀尖，不料那人把手更舉高些，傷口又更大了，能特大驚，往後一跳，預備再撲上去，但已來不及了，那人跳到窗口下了。

能特急忙呼道：「哥培先生，惡徒來了！」一面撲到窗口一看，誰知哥培警佐已不知去向，只聽得石徑上一陣腳步聲，接著那邊兩棵樹中間人影一閃，又是門聲一響，便寂然無聲了。

這時他已忘卻呂亞賽在旁，連呼著哥培和紫齊西兄弟，但毫無回音，於是便飛身從窗口跳下，拿著電筒，在院中看著，後來在一棵樹下瞧見躺著一個人，仔細一看，就是哥培警佐。

過了五分鐘，哥培醒來，能特問道：「怎麼了？」

哥培道：「我被惡徒當胸打了一拳，昏倒了，他真是一個強有力的惡徒。」

能特道：「他們是兩個人嗎？」

哥培道：「不錯，跳窗的是個瘦小的身材，我沒有防到還有這人，所以被他擊了一下。」

能特道：「紫齊西兄弟呢？」

哥培道：「沒看見。」

兩人慢慢找去，在門邊發現他們兩人，小的滿面是血，大的昏倒了，一同躺在地下，據小紫齊西說，有個力氣很大的人一拳把他打倒，回手也來不及了，那人早已逃走了。

能特道：「只有一個人嗎？」

小紫齊西道：「不，還有個較矮小的同黨哩！」

能特道：「那打你的是怎樣的一個人？」

小紫齊西道：「從他肩膀的寬度看來，像是公園旅館裡突然動身的那個英國人。」

能特道：「那個英國少佐嗎？」

答道：「正是那哈路彼少佐。」

能特道：「大概在這卡氏一案中，有兩個共犯，那身材較矮小的是主謀，那少佐是共犯。今夜的事也定是這兩個人，這倒也好，捉這兩人倒比一個人來得容易。」

於是能特扶了三人到屋子裡，使他們躺下，再出來找尋惡徒們的痕跡，但仍找不到一點線索，便把咽喉上的傷痕紮好綳帶，然後回到樓上去睡了。

翌日早晨，紫齊西兄弟和哥培警佐都已復原了。能特的傷本不嚴重，所以他吩咐兄弟倆仍在近郊偵查一切。自己因要向各處警署發命令，只得同警佐回巴黎去，回到署中用了午飯。

在午後兩點鐘，得到一個好消息，原來那敏捷的烏伊偵探已發現那由好望角發信給卡世白的伊南百了。他是個德國人，在馬賽乘火車，今天可到達巴黎。

不多時他便問道：「烏伊回來了沒有。」

有人回答說：「回來了，那個德國人也同來。」

於是能特便命令傳他兩人進來，忽然大紫齊西從伽而司村打來一個電話，說道：「已發現了那少佐哈路彼，他改扮成一個西班牙人，不久以前，見他走進慈善學校裡去，那個名叫羅伊的出來迎他進去了。」

能特聽了，喚聲「糟了！」便丟下聽筒，取了帽子，跳出門去，在外面瞧見烏伊偵探和那德國人正在會客室等候，便道：「今晚六點鐘見吧！」

說完便拉了哥培趕下樓去，又拉了兩個警士一同跳上汽車，說道：「用最快的速度趕往伽而司村，賞你十塊錢。」

不多時，到了史達尼公園的附近，在慈善學校前一條路的轉角上停了車。那大紫齊西正等著，說道：「科長，十分鐘前，少佐從這條路上去了。」

能特道：「是他一個人嗎？」

答道：「不，和羅伊一同去的。」

能特憤憤地罵道：「蠢驢，你不是放他逃跑了嗎？」

大紫齊西忙道：「不，我弟弟追趕去了。」

能特道：「他追去了嗎？但他總會上當，你們實在不是他的對手。」於是急忙跳上汽車，自己駕駛，車子撞入草叢中的石塊上，他也不管，只顧向西面猛衝。

過不久，到了一個五路的交叉點，他毫不遲疑地向中間一條路上開去，這路是往苛苛白村去的。到了那邊通往湖邊的一個坡上，遇見了小紫齊西，只見他大呼道：

「少佐在半英里前，正坐著馬車逃著。」

於是汽車一分鐘也不停，駛到湖邊，瞧見前面右邊樹林裡，隱約看見馬車上的黃色車篷正在搖動著，於是大家歡呼起來。

可是能特認錯了路，駛到了橫路上去，急忙退回到交叉點來，一瞧那車篷還在坡頂，心想還好，便開足馬力，追風逐電似的趕去。

不多幾里，已瞧清整個車身了，忽見一個女子從車上跳下來，接著一個男子踏出一隻腳來，那女子一回頭，伸出手，槍聲二響，大概她沒有瞄準，所以沒有打中，那男子反探出頭來，向車後一望，見了那追趕的汽車，便在馬上加了兩鞭，那馬車便連跳帶跑，轉彎抹角地去了。

能特也不瞧那女子，一心開著車轉彎過去，見樹林中一條亂石窄道斜斜地沒入林中，能特到此，只得更留心地趕下去，追了不久，便望見前面數十丈外，有一輛雙輪馬車，心下便寬了許多。

不一會兒，汽車已逼近馬車了，能特想跳出去抓他，怎奈道路崎嶇，如果向前一放，便有無窮的危險。於是他只得耐住了心，不和馬車接近，等到了平坦的地方再實行捕捉，反正他已是甕中之鱉了。

不多時，走完那個陡坡，到達塞納河畔，通往富其八村的路上。路途已很平坦，那馬不知怎的放慢了步伐，於是能特開足馬力，飛趕上去，連眼都花了，車身也要爆炸了，這一霎時，追過了馬車，能特卻大呼一聲道：「上當了。」

原來馬車上已不見半個人影，那馬慢吞吞地走，想這車子大概是從附近的村區裡租來的，所以那馬走回牠的馬棚去了。

能特氣得罵道：「方才在那轉角處曾有一刻不見馬車，那少佐定是在當時下去的。」

於是大家只得仍坐了汽車回去，開到坡頂，小紫齊西正保護著羅伊等在那裡。

羅伊的臉色還算鎮靜，能特介紹了自己，又問起這英國少佐哈路彼，羅伊說道：「他既不是英國人，也不是陸軍少佐，更不叫哈路彼呀！」

能特道：「那麼他是誰？」

羅伊道：「他自稱是西班牙教育部派他來考察法蘭西教育制度的，名叫康道旦，他是一個官員！」

能特道：「姓名和國籍不能作準，總之，他是我們正在通緝的一個嫌疑犯，妳與他熟識嗎？」

羅伊道：「不，他聽到我在伽而司村辦學校的消息，所以引起他的興致，以後他每年捐助經費，但他常常來參觀，視察學生們的成績，因此我也不便拒絕。」

能特道：「是呀，但這事妳總得和知己人商議商議呀，聽說妳熟識蘋羅薩公爵，像他這種人，不是很可商量的嗎？」

羅伊道：「是呀，但他現在到國外去了。」

能特道：「妳可知道他在哪裡？」

羅伊道：「不知道，除了他，我也不知道該和誰說了……」

能特道：「請放心說吧，我也是個和公爵一樣值得信賴的人。」

羅伊道：「方才康道日對我說，他有一個女友，是個法蘭西的貴婦，她到富其八村去了。她託他帶來一封信，想把一個孩子送進我的慈善學校，而且想親自見我，他對我這麼說，我不疑有他，況且今天又是星期日，他連馬車也雇好了，所以我答應和他一起去。」

能特道：「他要妳做什麼呢？」

羅伊臉上一紅道：「無非是拐騙呀，他在路上自己招認了。」

能特道：「妳可還知道些什麼？」

「沒有。」

「他是否住在巴黎？」

「也許是的。」

「他有書信寄給過妳嗎？或者有他筆跡可供偵查線索之類的東西。」

羅伊道：「也沒有，喔，且慢，有一件東西，但恐怕不見得有用吧！」

能特忙問是什麼，她道：「大前天，他到我這裡來借用打字機，當下我答應了他，他便用不熟練的手法打了字，我在無意中瞧見了他的字。」

能特道：「寄到哪裡？」

羅伊道：「是寄往一家叫什麼巴黎民報館的，另外又放入了一張兩元的匯票。」

能特道：「那一定是登廣告了，因為巴黎民報館裡的廣告欄刊登費是二元呀！」

哥培警佐立刻摸出一張報紙來道：「科長，我有今天早晨的報紙。」

能特接過來，在第八頁上仔細一瞧，便發現一段廣告，上寫：

「尋覓伊南百，此人不是住在巴黎，如果有人知道，請在本欄發表，有相當的報酬。」

哥培警佐道：「這伊南百不是今天烏伊帶來的人嗎？」

能特道：「正是他，就是那發信給卡世白尋覓親王呂亞賽的人。」說時甚是歡喜，心想這伊南百已在我手中，這久被重霧遮掩的卡世白氏一案的真相，不到一點鐘便能真相大白了。

十五　老人伊南百

這天傍晚六點鐘，能特已回到署中。他忙叫喚烏伊偵探進來道：「你帶來的那個人現在哪裡，可曾說過什麼？」

烏伊道：「在外面等候著，他簡直是一言不發。」

能特道：「我來問他吧！」

這時忽然有侍者進來道：「科長，有一位女客急於要見你。」

能特道：「可有名片？」

侍者呈上名片，能特一瞧道：「原來是卡世白夫人，請她進來。」

說完，迎進夫人，很殷勤地請她坐了，見她仍是一臉愁雲，身子也更柔弱不堪，她那楚楚動人的神情，叫人看了也覺得可憐。

夫人取出一張巴黎民報來，指著那段尋找伊南百的廣告道：「這個伊南百是先夫的好友，倘能找到他，什麼都可以明白了。」

能特道：「烏伊，你去領進來吧！」又回頭對夫人道：「妳今天到此很是湊巧，方才恰恰來了一個人，不過在我詢問的時候，妳可別說什麼話。」

不一會，進來一個鬚髮全白的老人，他走進來時，先立在門口向室內張望了一眼，忽睜大了眼睛，叫道：「夫人，妳不是卡世白夫人嗎？到底遇見了妳，我很快樂，我以為再也沒有辦法了，既不通書信，又沒有電報。夫人，主公還好嗎？」

夫人被他打中了心的痛處，便伏在椅上哭了起來。

伊南百問道：「到底是怎麼回事？夫人。」

能特道：「最近的事，大概你不甚明白，想是久別了。」

老人道：「正是，三個月了，我在非洲各處往來，在好望角曾寄過一封信給卡世白先生，當即沿東海岸回來，在埃及一個港口逗留了幾天，我那封信，卡世白先生應該收到了。」

能特道：「卡世白先生早已不在巴黎，他的下落待會兒再談。我們現在先要打聽你的，是一個你知道的人，此人你曾與卡世白先生接洽過好多次，就是那親王呂亞賽。」

伊南百大驚道：「親王呂亞賽？又是誰說的呀？」

能特道：「卡世白先生說的。」

伊南百道：「不，這只是我倆所曉得的秘密，他絕不會輕易向人亂說的，況且這……」

能特道：「你得老實回答我，為了這個親王呂亞賽，已鬧出大事情，你認識親王呂亞賽嗎？」

伊南百道：「我並不認識，不過他的秘密，我知道很久了，要是一件件的說起來，那是很曲折的，我從各方面推測起來，此人正在巴黎過著貧苦的生活，別名便叫做親王呂亞賽，這些事只有我知道。」

能特道：「但他總知道自己叫什麼的呀！」

老人道：「我也知道。」

能特道：「那麼你說出來吧！」

伊南百道：「這個我不能說。」

「為什麼不能說？」

「我沒有這權利，這就叫做秘密呀！當初我和卡世白說起這秘密，他便出重金收買這個秘密，並且還答應大事完成時又有重金酬報，不過現在呢？我這次到巴黎來，是要瞧瞧他的大事已成功到何等地步。」

能特道：「卡世白先生已經死了。」

老人叫道：「死了？不，不可能，這是你要哄騙我說出來，夫人，此事可是真的？」

夫人點了點頭。

老人意外地嘆道：「唉！卡世白先生是我從小就結識的朋友，夫人，妳知道的，他常常叫我為伊南百老人。」

能特走到老人面前，道：「你聽著，卡世白先生是被謀害的。照此情形看來，那兇手明明是知道他的計畫了。我這麼說，你總該聯想到什麼事情了。」

老人道：「我想不起什麼，請多給我些時間。」

能特道：「你且想想看，在你對卡世白先生說這秘密時，可有誰在旁邊？卡世白先生有沒有洩漏過這個秘密？」

伊南百仍是搖頭道：「我想不出來。」

能特道：「你再想想，那兇手的姓名，縮寫是ＭＬ。那兇手曾遺下一只菸盒，上面也有這兩個金字。」

伊南百似乎想起了什麼，興奮地道：「請讓我看看。」

能特道：「這是仿製的，和原物一樣。」

老人接來一看，驚呼道：「這個是……」說時，發出極恐怖的叫聲，全身發著抖，臉色蒼白，睜大了眼睛呆站在那裡。

能特道：「快說吧！」

夫人也拉著他的手道：「伊南百老人，請說出來吧！」

伊南百長嘆一聲道：「這樣一來，我完全明白了。」說時推開兩人，走到窗口，又回過來道：「不，我還是不能說，那殺死卡世白的凶手，我不能說呀！」

能特道：「無論怎樣，你一定要說，現在我就用法律的名義來命令你說。」

伊南百道：「且等到明天吧，容我細細地想一想，明天，我立誓把這親王呂亞賽和菸盒的事都說出來。」

能特道：「那好，就等到明天，如果你明天再不說，我可要把你送往裁判所去。」於是便按了一下電鈴，喚烏伊進來，吩咐道：「送這位老人去旅館，你好好監視他，須得加意防範，為怕有人將他劫走，待會兒我再派兩個人來幫助你。」

烏伊便同伊南百退出去。

能特回到卡世白夫人跟前，夫人也許是剛才受到的刺激過重，臉色還很蒼白。

能特便道：「夫人，我知道妳心裡很難過，但有什麼辦法呢！」

說完，又問了幾句卡世白和伊南百的交情，和最近幾年來交往的情形，但夫人卻很疲乏了，已不耐多問，能特只得作罷。

夫人問道：「科長，明天我可要來嗎？」

能特道：「這可不必，明天看伊南百說些什麼，我再通知妳好了，現在送妳到馬車那兒去，好嗎？」

於是能特開了門，讓夫人先走出去，忽然樓下一陣大亂，一個屬下慌張地上來叫道：「科長，科長……」

能特忙問道：「什麼事？」

「烏伊偵探，烏伊偵探……」

能特道：「烏伊偵探剛從這裡出去。」

有人道：「他倒在樓下了。」

能特道：「沒死吧！」

「沒有。」

能特又道：「那麼同他出去的……伊南百老人呢？」

「老人不見了。」

能特變色道：「不見了嗎？」

於是他發狂地跳下去，到了樓下，果見烏伊偵探趴在地板上昏過去了，奇怪的老人伊南百已不知去向，這件血案就此又墮入五里霧中了。

十六 落入陷阱

這時哥培警佐也已趕到，能特問道：「哥培，你在樓下可曾見到什麼形跡可疑的人？」

哥培道：「沒有。」

這時烏伊已漸漸蘇醒，他睜開眼睛，跳了起來，指著一扇小門道：「科長，太可惜了，從這裡……」

能特道：「完了，這門是通往七號民事法庭的，但我不是關照過，要這裡面鎖好的嗎？我早料知這裡必將鬧出事來。」說時一轉門柄，道：「你瞧，他不是把那邊門好了才逃走的嗎？」

原來從能特辭去刑事科長以來，曾有兩次有重要的罪犯從這門裡逃走，都是打倒了警察，把門反閂了，從通往七號民事法庭的走廊中逃走，這門有一部分嵌著玻璃，能特用手槍柄打碎玻璃，伸手拔去門閂，道：「哥培，你去搜查七號法庭。」

又問烏伊道：「到底是怎麼一回事，快快說來。」

烏伊道：「我被他在胸前打了一拳。」

能特道：「是那老人嗎？他不是很容易對付的嗎？」

烏伊道：「不是，科長，是另一個人，這人在你和老人講話時，在走廊裡伺機而動，一見我們出來，便裝做一同出去的樣子，走到樓梯下的小門口時，他摸出香菸，向我討火柴，我無心摸取火柴，卻被他當胸打了一下，眼前一發黑便倒下了，那人開了這門，把老人劫去了。」

能特道：「那人的模樣是怎樣的？」

烏伊道：「他皮膚漆黑，又很堅實。」

能特道：「他是康道旦，又叫哈路彼，他怕老人對我說出秘密來，所以把伊南百劫走。」說時，雙足亂頓，又道：「真奇怪。他怎麼知道伊南百在刑事科呢？剛才在山道中追趕他，到現在還沒有四個鐘頭呢，怎的又在此地了呢？唉，他真是一個神出鬼沒的人呀！」

說完，便像木人一般不聽不問，卡世白夫人走過他的面前，向他告辭，他也沒有聽到，直到後來才被一陣腳步聲驚醒，進來的是哥培科長，便問道：「怎樣了？」

哥培道：「我已明白了，那人是一直走過走廊，從法庭的院子裡跳出去，外面似乎早已預備好，有一輛汽車等著，車中坐著兩人，一個穿著黑色衣服，帽子戴得很低。」

能特道：「不錯，他是哈路彼，也就是康道且，還有一個呢？」

答道：「還有一個女子，並沒有帽子，長得很美麗，打扮像一個使女，有著一頭紅髮。」

能特道：「紅頭髮嗎？」

哥培道：「正是。」

能特急忙跳起來，從走廊裡飛也似的趕出去，這時恰有一輛馬車正要開行，能特嚷道：「停住，停住。」

原來這車是卡世白夫人雇的，能特一躍而上，對夫人道：「夫人，事情愈弄愈大了，今天的事，定得借重妳的大力，但馬車太慢，最好是汽車，哥培先生，快替我預備汽車。」

哥培道：「署內的汽車都出差去了。」

能特道：「那麼隨便去哪裡弄一輛來。」

於是大家四面八方去找，十分鐘後，找來一輛。能特焦急萬分，夫人只顧嗅著提神藥粉。

能特扶她上了車，吩咐道：「哥培，你和司機同坐，叫他飛快趕往伽而司村。」說完只顧催車快行，不多時，到了郊外，能特才道：「夫人，我有話問妳，請老實回答，今天四點鐘時，妳瞧過羅伊嗎？」

夫人道：「是的，在我出行之前見過她。」

「找尋伊南百的廣告，是不是羅伊對妳說了，才到刑事科來的？」

夫人道：「正是。」

「她對妳說時，可有什麼人在旁邊？」

能特道：「妳想想，可有婢女在旁邊？」

夫人道：「你問這個做什麼？」

夫人道：「有的。」

「叫什麼名字？」

「一個叫得珠，另一個叫茜珠。」

「其中可有一個是紅頭髮的？」

夫人道：「有的，是得珠。」

能特道：「妳雇用她有多久了？」

夫人道：「四五年了，她是一個正直無比的女子。」

能特道：「妳能替她負全責嗎？」

夫人道：「可以。」

能特道：「那好。」

到了七點鐘，車子抵達惠風廬舍，能特跳了下來，向門房問道：「卡世白夫人的婢女得珠可曾回來？」

門房道：「我不知道呀！」

能特道：「那麼可有什麼人來過？」

門房道：「這門從六點鐘關了之後，就沒有開過。」

能特道：「那麼除了這大門外，可有別的出入口？」

門房道：「沒有，這裡四面都有高橋圍著，絕無第二個出入口。」

於是三人進去，茜珠已迎接出來，夫人道：「得珠呢？」

茜珠答道：「她正在自己房中。」

夫人道：「叫她下來。」

不一刻，得珠出來，能特一眼瞧見她的紅髮，也不問話，只對得珠的臉上檢視了一會兒，便道：「哥培，我們走吧。」走到樹蔭時才道：「就是她。」

哥培道：「真是她嗎？但她態度很鎮定呀！」

能特道：「正是如此，倘若她沒有做過什麼事，就應該奇怪我們為什麼叫她下來，然而她卻一點沒有這種神情，不過，有一點她瞞不過我，就是她的耳際在流著冷汗，這樣一來，一切都證實了，得珠定和兩個凶徒串通一氣。這兩個歹徒不是想挖掘卡氏的秘密，便是要謀取巨額金錢，她妹妹茜珠當然也是同黨，今天四點鐘時，得珠見到那尋人廣告，便趁夫人出門時，自己趕到巴黎會見康道旦和那個戴軟帽的人，又到刑事科來劫走伊南百。從這裡便可明白他們很重視伊南百，深怕他說出秘密來。還有，卡世白夫人十分危險。那陰謀已將成熟，我再也不能遲疑了。」

哥培道：「不錯，不過有一件事，那得珠出入這院子，怎麼不會被門房瞧見呢？」

能特推測道：「凶徒一定築有暗道。」

哥培道：「那麼這條路定是通往卡世白夫人的惠風廬舍裡了。」

能特道：「也許是的，現在我倒有個主意。」

這天正是月明之夜，兩人在下面行走倒不會被人發覺，反能細察那個圍牆的構造。

哥培道：「那暗道莫非是用梯子的嗎？」

能特肯定地道：「不，得珠是白天出來的，若用梯子，不是會被人瞧見了嗎？所以我斷定這暗道絕不是那麼明顯看得出來的，出口必定在房裡的地板下面，但是這裡的房舍都住著人呀！」

哥培聽了道：「只有新月廬舍空著。」

能特道：「你怎知道？」

哥培道：「門房說的，夫人因為嫌吵，所以她出了租費卻空置著，也許是珠得勸她這樣做的也不一定。」

不一會兒，他們走到新月廬舍門前，窗門是關閉的，能特開了門道：「你拿手電筒來，哦，這是客室，這是客廳，這是餐廳，但是沒有廚房。」

哥培道：「在這裡，科長，這裡有梯子通往廚房。」

兩人急忙下去，一看是間大廚房，堆滿破舊的家具，隔壁是洗滌室，也塞了很多雜物，忽然哥培叫道：「科長，你瞧。」

他俯身在地上拾起一只婦人用的別針，上面鑲著假珠，能特瞧道：「這珠光還很亮，可見掉下不久，得珠今天一定曾經過此地。」

哥培試圖搬動那些破舊的家具，弄得汗流浹背，能特道：「不必費勁了，倘若秘密暗道的出入口在這裡，得珠也絕不可能移去這些東西，進去後再將物品歸還原處，今天更沒有這樣充裕的時間，你瞧這裡，那塊無用的板嵌在壁上做什麼？」

於是哥培忙打開板子，果見有一個空洞，用電筒一照，竟是一條通道，能特道：「果然發現了，如此一來，得珠便能和那些同黨秘密往來，還可以從這裡劫走卡世白夫人。」

二人走入通道，慢慢地走入深處，估量這暗道的長短約莫有二十丈光景，地上的出口遠在圍牆之外，哥培道：「我覺得要走近史達明湖邊了。」

能特道：「不，不是這個方向，我們來看看。」

兩人走到底，見腳下踏到階石，似乎向右邊傾斜下去，不多時，來到一扇門邊，這門是嵌在水泥牆上的。哥培一推便開了，能特道：「我們回去吧。」

哥培忙問何故？能特道：「那康道旦定是知道我們來了。」說時，見地道漸漸斜上，那邊似乎也有一扇門，哥培道：「那麼走到那邊的門再說吧！」

於是兩人一同走到第二扇門邊，這門緊緊地關著，能特道：「這門從外面閂著，我們還是悄悄地回去吧，地道的方向，我已約略明白，那出口不難在外面找到。」說完，兩人便向回走。不料走到門邊，哥培驚叫道：「門關上了。」

能特道：「關了？我剛才不是叫你開著嗎？」

哥培叫屈道：「方才我是開著的，也許這門太重了，自己碰動的。」

能特搖頭道：「絕不會如此，因為總得有聲音呀！」說完過去一推，這門雖沒有下鎖，但外面已閂上了，能特道：「可不是麼，我們來時已被他們跟著，大概這裡還有條支道，可從橫裡通出去，但我們卻掉入他的陷阱了。」

說時取刀在門縫亂挖，仍是毫無用處。兩人只得重又回到第二扇門前，兩扇都是很笨重的木門，能特把身子用力撞去，仍是不移不動，便道：「焦急也沒用，還是慢慢想辦法吧！現在我已累極，要睡一會兒，你且注意，也許他們還要來攻擊我們哩！」

哥培道：「如果他們進來，我們就有出去的機會了。」

這時能特已經睡倒，不多時便鼾聲大作了。

不知過了多少時辰，能特從睡夢中醒來，全身感到十分酸痛，便呼叫著哥培，連叫了幾聲，不見回答，便用電筒一照，見哥培也已睡倒在旁邊。

這時他只覺得十分難受，仔細一想，才知道是肚子餓了，於是取出表來一看，見停在七點二十分，照這樣看來，兩人已睡了一夜，到第二天的早餐時間了。

此時哥培也醒來，道：「我的腿麻得不得了，像是睡在冰塊上似的。」說時伸手一摸，驚叫道：「水，這是水呀，你瞧那邊門旁不是積著水嗎？」

能特道：「我可不想被活埋在這裡，我們還不到死的年紀哩！既然門都關上了，那麼就在牆壁上想辦法吧！」說時，伸手在高處的壁石上用力搖動，想設法弄開，但是這些壁石都是用水泥牢牢砌住的，哪動得了分毫。

哥培道：「科長，你還沒有發現啊？」

能特忙問：「什麼？」

哥培急道：「水位逐漸漲高了。」

能特心裡一抖，知道水不是地上湧出來的，乃是外面灌進來的，便靜靜測著水漲的速度，見第一扇門已淹沒四分之一，第二扇門略高，便道：「如果水繼續不斷灌進來，那麼在三個鐘頭內，我們便會滅頂了。」

哥培道：「那怎麼辦呢？康道旦那傢伙是不會饒過我們的，紫齊西兄弟又不知道這裡有通道，如果沒有救星突然降臨，那我們只有絕望一途了。」

能特安慰道：「我們總能想出辦法來的，你放心，拿火來。」

於是能特細察各個角落，看來門閂是閂在門的兩側，於是用小刀旋去螺釘，門閂便落了下來。

能特道：「這鐵質的門閂可以略助我們一臂之力。」

他用力向一排水泥砌成的石塊亂打，打去了水泥，便露出軟土來，能特道：「快用力工作吧，如果能掘出一條一丈光景的路，便能通到門的那面，這樣便容易逃走了。」

於是哥培照著他所說急急地工作，不多時，已開成一個大可容身的窟窿，哥培按了鐵門閂道：「科長，我來替你做吧！」

這時水已齊到大腿邊，又經過了兩小時，已開成四分之三，但水也已隨之漲到腰間了。

哥培又冷又餓，毫無力氣，扔下了鐵閂，兀自抖個不停。能特卻仍強撐著，不管手上出血，肚中飢餓，只管工作，不久，終於出現希望了，原來他彎身進去，已觸到那邊水泥的背面了，但要打破那邊的石壁卻很困難。

這時哥培又連連叫道：「漲起來了，漲起來了。」

能特努力掘著，終於通了，只消洞口再開大些，便能脫身了。他加緊又掘了掘，呼道：「哥培，快來！得救了。」

兩人便摸黑從新開的路一級級地向上走去，忽然能特覺得頭上撞著一樣硬物，用手去推，原來是出口的蓋子。

忽然不可思議的事又來了，能特只覺得眼前被什麼蓋住，接著手臂不由自主地被旋到背後，被繩子綁住了，接著聽得有人說道：「還有一個人哩！」

能特至此才明白剛才從地道中鑽出來時，是被布袋套住了，哥培也同樣做了俘虜。

又聽得人聲道：「一開口就殺死他們，短刀拿來沒有？」

另一人道：「帶來了。」

先前的那個道：「你們兩個抬這個，你們抬那個，不能用手電筒，事關重大，院子裡恐怕有警察看守，得珠你也去吧，如果有什麼變化，就打電話到巴黎來！」

接著能特便覺得被人抬了起來，不多時來到門外，聽見有人命令道：「馬車再停近些。」

於是能特和哥培被裝上了馬車，車行得很快，約莫過了半點鐘，又聽得有人命令道：「把兩人抬起來，馬車靠近橋欄杆，橋下有船嗎？沒有？那麼趁現在拋下去吧，石頭可綁好了？」

答道：「綁好了。」

那人道：「能特先生，你禱告吧！在你臨終時，我也得替自己介紹介紹，我就是康道旦，不，還是稱亞列特男爵比較好，現在我要舉行水葬典禮了，大家聽好，一、二、三，請上天堂去吧！」

能特忽然被人一推，便從高高的橋石上跌下水去，接著哥培也下來了。

十七　卡世白夫人

羅伊的祖母黑西夫人，在學校的院子裡分了些糖果給小孩們，便進了辦公室。忽然走進一個人來，黑西一看，便道：「是你嗎？」

那人正是蘋羅薩公爵，道：「羅伊在哪裡？」

黑西道：「去拜訪卡世白夫人了，大約一小時後回來。」

公爵道：「我有些小事，所以叫了紫齊西兄弟來，近來羅伊的身體怎樣？」

「很好。」

「這十天內，她拜訪過幾次親王呂亞賽？」

「三次，今天想又是在夫人那裡相會了，羅伊把他介紹給卡世白夫人了，但我告訴你，呂亞賽這人也不過如此，羅伊的配偶，總得找個適當的人才是，像校長先生這樣的人，倒還說得過去。」

公爵道：「胡說，單單一個校長算得什麼。」

老夫人道：「但她已愛上了呂亞賽……」

公爵道：「別說了，我沒空和妳說什麼可憐或幸福，一切的事情，我只憑自己的主張行事，所以不論羅伊或親王呂亞賽的意思怎樣，都得等我一切勝利之後再說。」

老夫人接著道：「你聽，這是什麼？」

公爵道：「這是紫齊西兄弟的暗號，你去領了他們進來吧。」

不多時，兄弟兩人進來，公爵照例盤問了一會兒，又道：「能特刑事科長和哥培警佐突然失蹤，你們有什麼消息嗎？」

大紫齊西道：「那卡世白案子已由副科長偉佩氏擔任，我們在伽而司村惠風廬舍的大院子找了一星期，卻沒得到一點線索，警察署內已鬧得不成樣子，這事實在疑點重重。」

公爵道：「卡世白夫人的兩個使女怎樣了？」

「得珠失蹤了，小的茜珠曾經被副科長和推事嚴重盤問，也得不到結果。」

小紫齊西道：「還有一件事，是新聞記者不知道的。」於是小紫齊西把能特追趕康道旦和伊南百老人得而復失的事講了出來。

公爵道：「這事只有你們倆知道嗎？」

「不，這事烏伊也知道，我們是從他那裡聽來的。」

公爵又道：「警署仍很信任你們嗎？」

「這個自然，連偉佩氏副科長也十分相信。」

公爵道：「那好，能特科長應該是輕舉妄動，才致落入惡徒之手，那惡徒雖有先走一步的樣子，但不久我便能追到他。」

大紫齊西質疑道：「公爵，這事很不容易。」

公爵道：「為什麼？只須找得伊南百，一切不是便能明白了嗎？」

「話是不錯，但伊南百究竟被康道旦藏在哪裡了呢？」

公爵道：「當然是在家裡。」

大紫齊西道：「那麼要去攻擊他的家了？」

公爵道：「自然囉！」

兄弟兩人去後，公爵便走到園子裡，見門口有二名警士看守著一輛汽車，那惠風廬舍旁的花園裡，羅伊、親王呂亞賽還有個戴著眼鏡，身材矮胖的紳士，一同坐在一張長椅上，在竊竊私語，所以沒有注意到公爵。

屋子裡卻走出好幾個人來，推事亨陶、副科長偉佩、推事的秘書和刑事。一會兒，羅伊進去了，那矮胖的紳士站起來對推事等不知說了些什麼，一同走去，只剩下呂亞賽一個人。

公爵走過去說道：「呂亞賽，我來了，你可別吃驚呀！」

呂亞賽忙道：「喔，公爵嗎？公爵……」

公爵道：「那戴眼鏡的紳士是誰？」

呂亞賽期期艾艾地說不出來，公爵拉了他的手催道：「快說呀，他是誰？」

呂亞賽才道：「他叫亞列特男爵，是死了的卡世白的朋友，在六天前從奧國到這裡來，替夫人照料一切。」

這時推事等一行人已走出去，公爵也向惠風廬舍那邊走去，又問道：「他對你問些什麼？」

「他似乎很關心我的身體，又問起我小時候的事，說還要替我尋親咧！」

公爵道：「你怎麼講？」

「我一句話也沒有回答，我實在不知道說些什麼，我已被公爵放入一個莫名其妙的境地裡，我代替的是個怎樣的人物，公爵也沒有對我說起過呀！」

公爵道：「以後將不再如此了。」

呂亞賽道：「你雖然老是笑著，但我卻被你葬在汙穢的地方，做不了自己，卻去代替那死人過活。」

公爵道：「不做自己，倒是很有趣。像我做著公爵，你不妨做做大公爵，你想，羅伊不是個絕世的女子嗎？她除了大公爵以外，不能做她的伴侶。」

不一會兒，羅伊出來了，笑盈盈地招呼公爵道：「從外國回來嗎？很好，可要見見夫人嗎？」

於是羅伊引他進了夫人的室中。公爵一踏進門，不覺吃了一驚，原來夫人身體比前次更加瘦弱了，臉色也蒼白得多，這也難怪，她親愛的丈夫枉死在白刃之下，怎不叫她心痛呢！

公爵用同情的目光注視著夫人，夫人答謝了公爵的厚意，又把亞列特男爵的事很高興地講了出來。

公爵卻淡然道：「我曾遇到過一個住在固北街亞列特男爵，不知是不是他。」

夫人道：「不對，這個男爵，我還不曾知道他的地址，雖曾拿過他的名片，但已忘記了。」

兩人談了不久，公爵便告辭出來，走到客廳裡，羅伊已經在那裡等候，對他說道：「公爵，我有一句話要問你，想你已見過他了。」

公爵道：「哪一個？」

羅伊道：「亞列特男爵，但他還有個名字，我已知道了，他卻沒有發覺。」說時已走到門外，接著道：「上次拐騙我的就是他，雖然改變了姓名和容貌，但我知道是他。最可惜的是能特科長，我真感激他，上次要不是他搭救，後果不堪設想。公爵，你是萬能的，請替我留心一下吧！」

公爵道：「那他另一個名字是什麼？」

羅伊道：「康道旦。」

公爵道：「不會錯嗎？」

羅伊道：「怎麼會錯，上次我吃過他的苦，所以這會兒一看就認出來了，任他把一切都改變了，我還認得，但他對我還沒有說過什麼話。」

公爵道：「對夫人呢？」

羅伊道：「他說是卡世白先生的老友，所以夫人肯見他，我想請你去對夫人說明白，否則我和夫人都有莫大的危險，自從能特失蹤後，他竟目中無人地大幹起來了。」

公爵道：「這個我能辦到，妳不用擔心，不過這事妳切不可對旁人亂說。」

說時走到門房裡，公爵說聲再會，便隨手將門關上，不料回頭一看，嚇了一跳，原來那個架著眼鏡的紳士，正凸著肚子站著，不是亞列特男爵是誰！

男爵先開口笑道：「亞森‧羅蘋，我等你好久了。」

這個一身是膽的蘋羅薩公爵，聽了這話也不禁抖顫起來，心想別人的假面具尚未揭穿，卻被別人捅破了自己的假面具。兩人有如臨陣大將，各無一點疏忽的站在自己的陣線裡。

過了一會，公爵開口道：「我正是亞森・羅蘋，你有什麼事情？」

男爵道：「我想和你談一談。」

「那麼在什麼時候？」

「明天吧，我們邊飲酒邊談。」

「在你家裡好嗎？」

「你又不知道我的住處。」

「楓樂園二十九號，對不對？」

原來公爵已在他衣袋外面瞧見一張報紙的封皮，上面正寫著他的住址，當下男爵答道：「喔，你倒很狡猾，好，準時在我家相會吧！」

公爵又道：「明天什麼時候？」

答道：「一點鐘後。」

公爵答應了一聲，正想開步，男爵又叫住他道：「且慢，我還有一句話，你須帶武器來呀！」

公爵道：「為什麼？」

男爵道：「我那裡有四個人，你不是只有一個人嗎？」

公爵道：「武器有什麼用。我這兩條臂膀比鋼鐵還硬，趁此機會可讓你們見識見識。」說完便走了。

楓樂園是一處幽靜的地方，附近全是小小的房舍和美麗的花園。右邊有個公園似的花圃，圍著一所古舊的大屋子，這便是二十九號亞列特男爵的住宅。

這天午後一點鐘，羅蘋薩公爵騎馬來到這裡，下了馬，把馬交給馬夫，吩咐道：「兩點半時再來接我。」說完便去按鈴。

便有兩個身體強壯、穿著制服的男子，領他到一間毫無裝飾的大石屋內，接著門便重重地關上了。

公爵不禁膽寒起來，心想該不會要被他們禁錮了吧？不久，聽得一聲請進，便有人引他到會客室，亞列特出來迎接道：「公爵來了嗎？我還以為你今天不會來呢，喂！冬米納，二十分鐘後要用餐，你去準備吧，不到時間不許進來。」

公爵反問：「為什麼我今天不會來？」

男爵道：「我看到了今天早上你作戰的宣言，即使會面也沒用了呀！」

公爵道：「我有什麼宣言？」

男爵便取出一張巴黎民報來，指著一節記事道：「據可靠的消息，亞森・羅蘋從能特刑事科長失蹤之後，很有急起直追的模樣。他曾公然說過，為了要洗雪自己的冤枉，非把真相探明不可，因此不論刑事科長是生是死，總得找出他的下落來，並且立誓要把血案中的真犯交出來。」

男爵道：「這難道不是自誇的宣言麼？不用說，當然是你寄去的。」

公爵道：「正是我投稿的。」

男爵請公爵坐下，用談判的口吻說道：「羅蘋，我們這樣互相破壞，最後豈不是兩敗俱傷？所以我想還是商量商量，好在大家都是明理的人。」

公爵道：「我的意思卻不是這樣，因為我和你是不能並存的。」

男爵略現憤色道：「亞森·羅蘋，喔，我叫你亞森·羅蘋，你不願意嗎？」

公爵道：「那麼我怎麼稱呼你，亞列特，康道旦也不是，哈路彼吧！」

男爵道：「你倒知道得很詳細。羅蘋，我們這樣敵對著，有什麼趣味？到頭來，兩方都失敗，而那個能特科長和一班官吏們卻輕易地得到好處，這不是很不划算嗎？」

公爵聞言道：「那麼只有一個解決方法。」

男爵忙問：「什麼方法？」

公爵道：「只消你收手就行了。」

男爵斥道：「別開玩笑，我是很誠心和你商量，換句話說，就是要與你合作，各得應有的利益，你看怎樣？」

公爵道：「你要講和，須得有賠款，你可有嗎？如果不願賠款，就送我一樣禮物吧，我的願望和財產，你是知道的，那麼你拿什麼來做條件？」

男爵道：「我嗎？就把伊南百做條件吧！」

公爵搖頭道：「這還不夠！」

男爵道：「哪有這麼大的禮物，有了伊南百，我們才能明白呂亞賽的秘密，你一旦得了伊南百，便能知道卡世白的大計畫了呀！」

公爵道：「我也不是愚人，試想伊南百在你手中，要生要死，都可任你調動，現在你卻要求和我同盟，顯見是你不能使他開口，倘然不是這樣，為什麼要借重我呢？」

男爵正想開口，公爵又搶著道：「老實說，這事我是拒絕的。」

說到這裡，兩人彼此都沒有和解的意思。

公爵又道：「要知亞森・羅蘋行事絕對不用借重別人，因為同盟便含有服從的意味，我最恨服從。」

男爵似乎已受了汙辱，變色道：「你拒絕嗎？」

公爵道：「如果你能做我的部下，那我倒是可以答應，但你得做我手下的一個小卒，聽我指揮，雖然你的本領不算平常，但要出馬臨陣，到底還是不行，所以最好是照我的主張做去，比較妥當些。」

男爵聽了這些話，切齒道：「住口，我不用借重別人，我和你同盟，是為了使雙方免去不便，能夠早日成功。我看你還是答應了我吧，否則你的生命很危險！」

公爵打了個哈欠道：「我的肚子餓了，什麼時候請我吃東西呀？」

這時恰巧門開了，侍者來報告食物已經預備好了，於是兩人走進餐室，男爵不顧侍者在旁，拉住公爵的臂膀道：「你依了我吧，這時是你性命關天的時候，我忠告你，還是依我來得合算。」

公爵卻瞧著桌上道：「好菜呀，你倒沒有忘記，今天是請俄羅斯的貴族呀！」

說時二人相對坐下，中間有一頭銀色長毛的大獵犬，這是男爵的愛犬，男爵指著狗道：「牠叫白爾，是我最忠心的部下。」

兩人快活的吃著，男爵說笑著，那狗眼盯著公爵掉下的東西，也吃個精光。

男爵道：「請喝這杯葡萄酒，不是我誇口，這酒是萊哇卜特王所珍藏的。」

公爵道：「是他送給你的嗎？」

男爵道：「是我自己去拿來的。」

公爵笑道：「原來如此，確是好酒，這菜也很不錯，有個好廚子可真幸福。」

男爵道：「這也不見得，你且嘗嘗這巧克力包著的糖果，這不是我誇口，普通的廚子怕做不出這個。」

公爵道：「瞧上去倒是很好，不知味道怎樣？白爾，你嘗嘗看。」便把糖果丟給獵狗吃，說也奇怪，那狗吃了不到二三秒鐘，身子便縮做一圈，抖了幾抖，死去了。

公爵站起來道：「男爵，以後你若要毒死朋友，還得更周密些，拿我的生命來做試驗品，倒也不錯，但我到底是個俄羅斯的貴族呀！我再告訴你，如果現在你毒死了我，你的處境也很可怕。要知道我這人，在三點鐘後不走出你這門，你便得受懷疑了，亞列特男爵的身分也得被官廳識破了，在傍晚前，你便有資格下獄了。」

男爵無所謂地道：「下獄可以逃出來，但從未見過死去了也有活回來的！所以我要送你到死地去。」

公爵道：「沒那麼簡單吧！」

男爵道：「你不妨一試。」

公爵道：「你的資格還夠不上做惡徒，我看了你今天的事，便知道你的本領到了什麼程度，老實說，這是嚇不倒我的！」說時把男爵那邊的一個糖果拿來，分成兩半，將半個給男爵道：「你吃這個。」

男爵向後一退，公爵罵道：「懦夫。」說罷，當著侍者和男爵面，很鎮靜地把自己的半個吃了下去，又把男爵的半個也吃完了，瞧他還覺得津津有味呢！

十八 行刺

一天傍晚，蘋羅薩公爵請亞列特男爵在餐館內行第二次的會餐，首席賓客是亞列特男爵，其餘的陪客，有詩人、財政官，也有音樂家，還有兩個法蘭西戲館裡的名女伶。

第二天又在霍來旅館會餐，晚上又去看戲，這樣一禮拜，他們倆簡直是寸步不離，恰似一對知己的朋友，但在兩人的心中，卻時刻各自防著對方，心中明白將來必有一場大戰。

這天，公爵和男爵正在俄羅斯俱樂部的園子裡散步。兩人沿著草徑，在牆內一帶灌木林裡踱著，林子那邊有一扇小門，男爵正安閒地說話，公爵卻很留意地注視著他。

不一會，只見男爵的手伸進外衣的口袋裡，公爵早已瞧破他的手握住短刀的刀柄，見那手微微地抖著，剛立下決心，卻又愣住了。

公爵故意挺胸凸肚地站在背後等候，盯著男爵，見男爵臉色發青，身子顫抖，道：「懦夫，為什麼不撲上來，我絕不會動手的，老實說，你怕我，本想解決我，但在動手前，卻又被我征服了。換句話說，你在我的身上休想幹出什麼事來。」

話沒說完，忽然覺得有人掐住他的喉嚨向後拖去，這人不知是誰，在灌木林中跳了出來，一手拿著剛刀，刀尖正要和咽喉接觸了，男爵又是撲過來，三人滾做一團，不到半分鐘，那力大身強的男爵竟被壓在底下，大聲呼痛了。

公爵閃的跳了起來，趕向小門去，但差了一點，那門已關上了，外面還下了門，在樹蔭中閃過一個黑衣人，接著門上又下了鎖。

公爵怒罵道：「惡徒！讓我捉到你，一定不饒你！」

說著，回到原處，在地上拾起一把小刀的斷片，是剛才格鬥時弄斷的，又瞧見男爵已在動彈，便過去對他說道：

「你醒了嗎？你可記得剛才有人攻擊我的事嗎？這種敏捷的手法。我實在很佩服，不過這柄短刀太不中用，你得知道刀尖折斷的原因，現在且把這秘訣教了你吧，像我這種人，在領圈裡經常藏著鋼片，無論是誰我總不怕他，你那同黨以為最好是刺人的咽喉，現在請瞧他那使慣的玩具已破壞了。朋友，我們去用晚餐吧！」

說完，便先自己到俱樂部餐廳裡，吩咐預備兩人的餐桌，然後在長椅靠下，自語道：「這次的事真可笑，但可有些危險起來了，這人在伊南百未尋到以前，絕對不可除去。想這傢伙定是每天和老人會面，竭力要在老人身上得到卡世白的秘密，但他們在哪裡會面的呢？又是藏在哪裡呢？友人家裡嗎？還是自己家中呢？」

他想到這裡，點上一支香菸，吸了三口便丟下了。這大概是預先說定的暗號，當下就有兩個青年在他兩旁坐下，表面上裝做不認識，暗中卻在和公爵講話，這兩人便是紫齊西兄弟，他們問道：「首領，怎樣？」

公爵道：「你們派六個同黨到楓樂園二十九號去搜查一下。」

他們問道：「用什麼名義？」

公爵道：「用法律的名義，你們是警廳中的人，搜查……」

他們答道：「我們可沒有搜查的權力。」

公爵道：「就裝做有權力好了。」

他們又道：「那麼下人們和我們抵抗起來怎麼辦？」

公爵道：「不打緊，那邊左右不過四個人，這裡由我拘留著亞列特，非到十點鐘不放他回家，所以你們兩個儘可細細地搜查，倘得到伊南百的消息，立刻來通知我。」

這時男爵進來，公爵道：「一同進膳吧，剛才在園子裡這麼一鬧，肚子倒餓了，並且我還有話和你談哩！」

兩人用完晚餐，公爵拉著男爵去打了兩盤彈子，又走進玩牌室，男爵贏了不少。公爵一瞧手表，已經十點整了。

當十點十分後，蘋羅薩乘汽車到了楓樂園二十九號房內，紫齊西兄弟和其餘的黨人正在客廳中，公爵便問：「可曾找到伊南百？」

「沒有。」

於是兄弟兩人把搜查的經過陳述了一遍，公爵搖搖頭，命兄弟倆看守宅外，自己又把樓上、樓下、閣樓、地室等搜查一遍，仍是不見老人的足跡，便吩咐道：

「真的沒有，也是沒辦法，你們回去吧！」

眾人問道：「你怎麼？」

公爵道：「我遇到這種困難，定得尋得代價，我已打算今夜在這裡住宿，從事偵查，這掛衣服的壁櫥，倒是個藏身的地方，躲在這裡，可以瞧見男爵臥室的全部。」

紫齊西道：「這太危險了，即使今夜不被男爵發現，但明天你怎樣出去呢？」

公爵道：「這個我也明白，但到了這個關頭，不得不如此呀，你們先關了門走吧！」

於是公爵便躲入一個狹小的掛衣處，這地方實在很好，倘不是特地來搜尋，絕不會發覺的。

兩小時後，外面似乎有一輛馬車停著，接著便聽得一陣叫罵聲和呻吟聲，又過了二十分鐘，才有聲音上樓來，只聽男爵吩咐道：「大家去睡吧！」不一會兒，男爵和一個下人進來，便道：「冬米納，你去吧，我也要睡了。」下人道：「依我看，這些人定是來找伊南百的，那公爵也上當了。」男爵道：「是的，這人在一星期內便可了結了。」

說時便聽得冬米納關門聲，男爵上門聲。

男爵很是高興，口裡哼著歌曲，又高聲自語道：「一星期內，不，四天，就可把這畜生除掉，否則我倒很是危險，今天我夠安心了，那傢伙也夠失望了。」

他歡喜地上了床熄了燈，公爵慢慢地打開壁櫥偷看，見房內充滿月光。他想撲上去，掐住男爵的咽喉，命他說出實情來，但轉念一想，男爵這種人，不是這樣就能嚇得動的。

公爵竭力不使自己有一絲聲息，從釘上取下四五件衣服，然後躺了下來，也呼呼地睡去了。

等到男爵起身，已是次晨九點多了。

他先看了看奴僕們拿來的書信，洗了臉，換好衣服，便走到桌子那去寫字，冬米納替主人摺好衣服。

到了十點鐘，男爵停了筆，說道：「冬米納，你出去吧，我要打電話了。」

他小心地關了門，拿起聽筒道：「喂，你是伽而司村電話局嗎？請接三十八號。」然後聲音放得極低道：「是我，是的，昨天失誤了，以後還得更巧妙一點，但形勢急迫，他昨晚又來搜我的住宅，但是這老人實在不肯開口，我用盡哄騙，恐嚇等方法，他總是不肯開口，這可真沒有辦法。不過那卡氏大計畫和親王呂亞賽的事已略有頭緒，總之，要明白真正的底蘊，定得借重這老人，今天已減少他的食物，他終究會受不了而說出來的。哦，公爵嗎？我想要在三四天內了結他，你可有什麼方法。這倒是個妙計，喔，更妙了，讓我想一想，那什麼時候見面？好，星期二下午二點鐘！再會。」

公爵好不容易等男爵和下人進到餐廳後，小心地溜出敵營，此時他已是頭昏眼花，走進一家館子坐下，暗道：「這樣看來，星期二下午二點鐘，那公園旅館內殺人的凶手，定在伽而司村電話三十八號的那家內相會了。且等到星期二，先把兩人送交警察，然後搭救能特刑事科長吧！最後再奪回伊南百老人。這麼一來，親王呂亞賽是不是屠夫的兒子，能否做羅伊的伴侶，就都能決定了。」

十九 一箭雙鵰

星期二午前十一點鐘，內閣總理戈立麥氏接到一封快信道：

「戈立麥總理先生：鄙人在無意中，得到關於能特刑事科長的事，我知道總理很擔心科長的行蹤，所以冒昧地寫這封信給你，能特科長現在正被關在伽而司村史達尼公園附近，芬蘭廬舍的地室內。卡氏案中殺人的凶犯，預定要在今天午後兩點鐘把能特害死。警方關於此案如有需用鄙人之處，請在午後一點半鐘在廬舍附近的庭院中，或鄙友卡世白夫人的住宅面晤。」

下面署名是公爵蘋羅薩，總理於是把警察總署署長德固郎氏和刑事副科長偉佩氏邀了來。

他們看過了信，總理道：「偉佩君，這信很是重要，公爵既這麼詳細地報告，我當然很相信，公爵這人，我也常在晚餐會上遇見，他的確是個能幹的人。」

偉佩聽說，便在懷中摸出一封信來，說道：「總理，今天早上，我也接到一封奇怪的信。」

總理忙接過來讀道：「副科長，我現在要密告一件事，那個自稱卡氏白夫人朋友的蘋羅薩公爵，不是別人，乃是大盜亞森・羅蘋。現在我來證明此事，你把亞森・羅蘋四字的音倒過來，便成了蘋羅森亞，森亞二字變成薩字，由此可見蘋羅薩就是亞森・羅蘋了。」

下面署名是ＭＬ先生。

午後十二點一刻了，蘋羅薩公爵在伽而司村一家餐館進午膳，旁邊的桌上，坐著兩個少年，在和公爵說話。

公爵道：「你們可是為了捕人的事特地來的嗎？」

兩人答道：「是的。」

「有多少人？」

「大約六個，乃是分頭去的，那廬舍附近，有偉佩副科長在那裡接洽一切。」

公爵道：「那好，我也去吧，今天我應當做個嚮導，我既通報了官廳，那麼也應該救出刑事科長來。」

那人問道：「首領，你確定刑事科長還活著嗎？」

公爵道：「確定，昨天我已探明，亞列特是把能特科長和哥培警佐在富其八村的橋上丟下去的，哥培雖已溺死，但科長卻幸而獲救，不過現在仍被關在芬蘭廬舍的地洞裡面。」

那人道：「首領怎麼知道這般詳細的呢？」

公爵道：「這就是我的本領呀，這事發表後，定能博得大眾的喝采。」

不多時，汽車開抵伽而司村，眾人下車後，步行到慈善學校的路上，忽然公爵停下腳步道：「你們且聽我吩咐，這事須得特別留意，先到園門上按了鈴，你們是公務人員，是有出入特權的，一進去，先到新月廬舍的地室，有塊舊板的蓋子，推開，便是通通的入口，這地道通往芬蘭廬舍那裡，就是亞列特和使女得珠等密會的地方，能特也是從這地方失陷敵手的。我昨夜已暗暗察看過地道，你們進去，先看看地道有沒有變動，那裡有兩道門，倘若門開著，那便很好，在第二道門旁，有一個洞，我放著一個小包，你們看看還在不在。」

那人道：「可要打開來看？」

公爵道：「這個倒不必，裡面不過是些替換的衣服。現在你們先去察看，切不可被人發覺呀！」

二人去後不到十分鐘，便回來道：「二道門都閉著，包袱也還在。」

公爵道：「很好，現在一點二十五分了，不久，偉佩副科長將帶他的部下來，我和副科長是這麼接洽的，由我先去按鈴，只消我先踏進門一步，事情便告成功了，到底是怎樣的妙計，且等著瞧吧！」

公爵吩咐他們去後，便走進慈善學校，學生們都在教室裡。

黑西老夫人見到他，訝異道：「你一人來麼，那麼你把羅伊留在巴黎了？」

公爵奇道：「難道羅伊到巴黎去了嗎？」

夫人驚道：「怎麼？羅伊是你來接她去的呀！」

公爵一聽，急得拉住他奶媽的手道：「到底是怎一回事，快告訴我。」

老夫人道：「是你寫信給她，她才去巴黎的。」

公爵取了信一看，乃是一封偽造的假信，嚷道：「笨極了，怎麼連字跡也認不出！沒想到他們竟從羅伊身上下手，這是第二次了。且慢，讓我好好地想一想，現在是一點三十五分，時間還充足，但我怎樣去找尋羅伊呢？」

他心亂如麻，來回踱著步，老夫人看得也很難受，便道：「你何不到卡世白夫人那邊去問問看。」

公爵點頭道：「是啊，我也太愚笨了。」說完，便飛也似的向園子那邊奔去，在門旁瞧見紫齊西兄弟倆，正想走進門房去，從門房可以清楚看見那出入芬蘭廬舍的人。

公爵一直奔到惠風廬舍，命使女茜珠去請夫人出來，一見了她，便問道：「夫人，妳可知羅伊怎樣了？」

夫人道：「她麼，我已有五六天沒見到她了。」

公爵道：「除了這裡，她可還到什麼地方去？」

夫人道：「問我簡直不知道，瞧你急成這樣，難道她出了什麼事嗎？」

公爵勉強答了一聲「沒事」，便又飛也似的跑了出去。

他憂慮起來，亞列特今天也許不會到這裡來了，就是來，也許時間也變更了。

他胡思亂想，無心瞧看兩旁的東西，只是自語道：「我定得見他。」

公爵走到門房附近，偉佩正在和紫齊西講話，他走到偉佩跟前，偉佩露出吃驚的神色來，公爵一瞧，已明白底細。

公爵問道：「你是偉佩先生嗎？」

偉佩道：「是的，你……」

公爵道：「我便是蘋羅薩。」

偉佩道：「原來是公爵，我常聽你在暗中幫著我們。」

公爵道：「且慢道謝，讓我今天把罪犯交給你再說吧！」

偉佩道：「我剛才瞧見一個很有嫌疑的人走進屋子裡，是個黑面壯漢。」

公爵道：「他就是亞列特，偉佩先生，你的部下可在近處嗎？」

偉佩道：「正躲在路邊。」

公爵道：「依我看，還是集中在一起的好，亞列特認識我，一定會開門，那麼我們就可以一起攻進去了。」

偉佩道：「這辦法很好，那就發命令吧！」

說完便匆匆出園子去，公爵拉了紫齊西道：「你快去藉著什麼事情，把副科長留住，至少延長十分鐘再實行包圍，你們中的一個，到新月廬舍的地道出口處守住，倘若亞列特從那裡出來，你儘可向他頭上打去。」

兩人聽命而去，公爵走到芬蘭廬舍的鐵門前，見四下沒有人，便一腳跳上鐵門，鐵門雖高，但他卻很容易地進去了。

他急急地走上石階，見窗戶都關得很緊，正要想個進去的辦法時，忽然有鐵門打開的聲音，接著亞列特男爵在半扇鐵門裡出現了，只聽他道：「公爵，你竟私闖民宅，我可要報警了。」

公爵很快地跳上去，掐住男爵的咽喉，將他推倒，問道：「羅伊怎樣了？她在哪裡？」

男爵道：「你掐得這麼緊，叫我怎麼說。」

公爵放了手，喝道：「快說，她在哪裡？」

男爵起來道：「你不必這樣著急，我和你的事，哪一件不能商量呢？」

他關好門，再領公爵到了客室裡。室內一無裝飾，也沒有窗簾，男爵道：「現在我已落在你手中，你到底要怎樣？」

公爵道：「羅伊怎樣了？」

男爵道：「她安然無恙。」

公爵道：「她到底在哪裡？」

男爵道：「在一處地室中，行動自由。」

公爵道：「是不是和伊南百爾在一起？」

男爵道：「差不多。」

公爵又問：「到底在哪裡？」

男爵不答，二人相對默然很久，各想瞧出對方的弱點，後來公爵道：「從前你不是要和我合作嗎？那時我是拒絕的，但今天我答應你了。」

男爵道：「可惜已來不及了。」

公爵道：「那麼我把正在進行的一切事情都打消收手不管，並且在必要時，還能幫助你一些。」

男爵道：「有什麼條件？」

公爵道：「只要讓我知道羅伊的下落。」

男爵默然了好久才冷笑道：「你這般可憐地向我哀求，真是好笑，那真變成一個大將和一個小卒了。」

公爵罵道：「畜生。」

男爵又道：「且等到晚間我有空時再來和你談判，萬一你活不到那時，那可沒有辦法，否則還是現在解決了吧，你可知道現在已是你的生死關頭了嗎？」

公爵一面罵著，一面瞧了瞧手表道：「男爵，現在已是兩點鐘了，你的時間只剩五六分鐘了，十分鐘後，偉佩副科長就將率領部下前來捉拿你了，你那費時造成的秘密出入處也有人監視著，你預備上斷頭臺吧！」

男爵變色道：「這又是你的把戲呀！」

公爵道：「房屋已經包圍，所以我勸你還是快說，我也許還能救你。」

男爵道：「怎樣救我？」

公爵道：「通道出口的把守者雖是官方的一個刑事偵探，但卻是我的部下，所以要放你逃走，實在是一件容易不過的事，你快說吧！」

沒多久，外面響起一陣強烈的打鬥聲，公爵道：「聽見了嗎？這可不是平常的客人，你肯說了嗎？」

男爵堅持道：「絕不能說。」

公爵道：「他們都帶有器具，要打開門是很容易的呢！」

男爵道：「他們一來，我更不說了。」

一會兒，果然門被打開了，公爵道：「被捕原也不是一樁苦事，不過要逼你伸出手去套上手銬，卻未免太難堪了。」

男爵指著窗縫道：「那麼請瞧。」

公爵把眼睛湊上去瞧時，不禁跳罵起來，怒道：「你這惡徒！你也把我告發了嗎？偉佩帶來的不只六人，一二百也不止呀！」

男爵大笑道：「哈哈，捉我何須用這許多警察，來了這許多，那肯定是來捉拿亞森・羅蘋了。」

公爵道：「可是你告發的？」

男爵道：「正是。」

公爵又問：「用什麼證明？」

男爵道：「你的名字亞森・羅蘋，倒過來便是蘋羅薩。」

公爵道：「是你瞧破的嗎？不，是另一個人瞧出的。」

二十　活躍的惡魔

這時全屋子已被警官們包圍，門也快要被打破了。

公爵想道：是我自先逃呢？還是逼迫男爵說出羅伊的地方來呢？現在，雖然通道已經斷絕，但難保不再有第二條出路，並且羅伊的危險也一步步逼近了，在這段時間內，必須想出個萬全的計畫來，難道他真有可靠的出路不成？

公爵便道：「你似乎很有把握逃走？」

男爵道：「正是。」說完猛然推倒公爵，躲入一扇小門裡去。

公爵趕緊跟著走到一個地室，見男爵正跪著想打開地板上的蓋子，公爵撲過去罵道：「蠢驢，我不是早對你說過那邊有人看守著嗎？喔，也許你還有第二條出路……」

這時兩人死鬥起來，亞列特本是個大力漢，兩臂抱住公爵，緊貼在自己腹部，抱得公爵兩臂發麻，腳下的通道蓋子雖由兩人的腳踏著，但公爵已覺得下面有人在頂動著，男爵也發覺了，便一面格鬥，一面用腳開去踢開蓋子。

公爵心想：下面的人定是他的同黨，如果蓋子一開可不得了，便道：「讓我先結果了你吧！」說時把力氣集中到腿部，把男爵緊緊夾了起來，直夾得男爵兩腿快要斷折了，連連喚痛，又伸出另一隻手，將他的手腳用銅絲綁好，再用繩子綑住他的身子，道：「好了，這樣一來，你就不能妄動了。」

男爵威嚇道：「如果你送了我的命，羅伊也活不成了！」

公爵道：「為什麼？」

男爵道：「世上只有我一個人知道她被禁閉的地方，倘我死了，她便得絕食餓死。」

公爵急道：「目前時機緊迫，你還是趁早說吧！」又貼著他的耳朵道：「亞列特，你聽著，今夜你已逃不了了，你得在森特監獄宿夜，你仔細想想吧！倘你能告訴我羅伊的所在，那我可以在兩小時內救你出來，否則，你等著瞧吧。」

此時，上面入口的門已經破壞，偉佩等人正在室中搜尋，公爵便道：「亞列特，你在監獄裡好好地想吧！」

說完把男爵踢開，開了地道的門，公爵剛踏進一步，見暗中似乎有東西動著，急忙取電筒一照，扳著手槍道：「你再不出來，我可要開槍了。」

說完不見回答，他心想：難道是自己神經過敏嗎？且不去管他，我藏衣包的地方離此不遠，拿到這包，便能改變戰略了。

他走到藏包的洞邊，用手電筒一照，不由吃了一驚，衣包不見了！心知必是這無形的惡徒所幹的。當下懊悔不已，心思只得先退出這裡再說吧！那無形的惡徒現在不見人影，可見這裡還有別的出口。

於是他用手電筒再向四周探照一番，又細察牆上的每塊磚頭，忽然傳來一聲可怕的喊聲，嚇得他毛骨悚然，仔細一聽，是從上面傳來的，便急急趕回地室，卻瞧見男爵咽喉上正在流血，手腳上的銅絲仍沒有動，但繩子卻割斷了。原來那惡徒要搭救他的同黨，但鋼絲解不下來，便索性把他刺死後逃走。

蘋羅薩公爵至此也不覺膽寒起來，他想到了羅伊，如今她只有等死了，因為世上只有一個亞列特男爵曉得她在哪裡，他現在一死，羅伊的下落便沒有人知道了。

這時又聽見警察已走下石階，和這裡只有一門之隔了，公爵趕忙將門閂鎖上，再往男爵胸口一摸，見他仍有心跳，便俯身對男爵道：「我定能救好你，你只要對我說出羅伊的所在，我便救你。」

只聽敲門聲更急，門格有些搖動了，男爵像疲乏已極，靠在公爵身上，用了全身的力量，吃吃地道：「古北，古北……」

公爵急道：「古北街嗎？門牌幾號？」

忽然轟然一聲，偉佩等已破門而入，副科長叫道：「快衝上去，兩個都要捉住。」

公爵俯身問道：「快說，幾號？倘你愛羅伊，那麼快說。」

男爵用力說道：「二……二……二十七號。」

這時公爵的肩胛已被警察抓住，十支手槍團團圍住了他。公爵站起來，勇敢地對警察瞧著，警察的氣勢倒為之一挫。

偉佩平舉手槍，喝道：「亞森羅蘋，倘你敢拒捕，子彈便會穿進你的腦袋。」

公爵坦然說道：「不必，我投降。」

偉佩道：「我不上你的當了。」

公爵道：「我真的投降了，你們為什麼要拿槍來嚇一個不抵抗的人呢！」說時摸出兩支手槍，拋在地上。

偉佩仍道：「大家瞄準他的胸口，倘動一動，就開槍。」又命人去開了氣孔，從射進的陽光裡，瞧見男爵，見他像是要掙扎起來的樣子，便問道：「你認得這人嗎？他可是亞森・羅蘋？」

「是……」

偉佩道：「還有別的話嗎？」

男爵的嘴竭力抖動著，道：「有……」

偉佩道：「可是關於能特科長的事？他被關在哪裡？快說！」

男爵指著角落邊的一個小櫥道：「那邊……那邊。」

偉佩忙過去打開，裡面只見一個黑布小包。打開一看，乃是一頂帽子，一套衣服和一只小箱子，偉佩見了，大驚道：「這是能特科長常穿的衣服，惡徒，你把科長害死了嗎？」

男爵搖頭道：「是他……是他。」

偉佩皺眉道：「可是亞森・羅蘋嗎？」

男爵又搖搖頭，一心要說出來，但舌尖已不靈敏，說不出話了。

偉佩追問道：「能特科長已被害了嗎？」

男爵答道：「哦。」

「活著嗎？」

「哦。」

偉佩道：「那麼這身衣服是怎麼回事？」

男爵目視公爵，偉佩立刻會意到，便道：「喔，是亞森・羅蘋盜了科長的衣服，預備改扮了逃走嗎？」

男爵道：「是……的。」

偉佩又道：「這也是羅蘋的慣技，他進了這室，便裝成被禁的科長，使我們入他的圈套中，幸而我們沒有上他的當，是嗎？」

男爵應道：「是……的。」

偉佩覺得男爵似乎還有什麼秘密要說出來，因又問道：「那麼科長在哪裡呢？」

男爵道：「那邊。」

偉佩道：「這裡只有我們呀！」

男爵道：「那邊……蘋羅……薩……能特科長。」

偉佩不禁跳了起來，心下已明白了七八分，便緊對著公爵瞧著。

這時男爵已支持不住了，倒在地板上。偉佩忙對男爵道：「亞列特，快把這秘密說清楚，是不是羅蘋薩和能特……」

男爵道：「是……是……一個人。」說完，嘴邊流出一絲鮮血，接著手腳動了一陣便斷氣了。

偉佩把小包打開來一看，裡面是一頂假髮，一副眼鏡，栗色的帽子，還有幾件化裝成科長的小東西，檢視完，便走到羅蘋面前，問道：「你就是能特科長嗎？」

羅蘋道：「正是。」

驚呼聲立時震動了整個地室，

偉佩叫道：「拿手銬來。」

羅蘋仍是萬分鎮定，口裡不住地念道：「古北街……二十七號……羅伊。」

偉佩得意地道：「走，送到警察廳去。」

於是亞森・羅蘋便由三輛警車護送著押往警察廳去了。

途中，羅蘋一言不發，到了警察廳，到指印部留了指印，立刻被送往森特監獄去了。

監獄早有電話被通知過，收監的手續和身體查驗完畢後，羅蘋便低頭走進十四號的獄室，看了眼道：「這裡倒很完備，電燈，桌椅，床帳和一切應用的東西，什麼都有。」

說完便跳上床去，又道：「典獄官，請你吩咐獄卒，明天早上的巧克力，命他不要十點鐘以前送來，因為我還要好好睡一覺哩！」說完，便面對著牆壁呼呼大睡了。

二十一　身陷囹圄

亞森・羅蘋的被捕，轟動了社會大眾，新聞也用特大號的刊頭登載此事。

偉佩副科長立下大功，所以特授他拿破崙一世所制定的名譽勳位，與這次事件有關的警官們，也都各個記功，舉國歡騰。

內閣總理戈立麥氏曾有一番演說，對本案中能特科長越權之處竭力辯護，說：

「瞧這刑事科長觀察力的精明，辦事的果敢，敏捷的手腕，樣樣都出人頭地。在我眼中，只有一個人能和他相比，但這人恐怕已不在世上，他的本領確和能特科長一樣，倘他還活著，遇到了能特科長，也得甘拜下風，這人便是亞森・羅蘋，我敢斷定。如果能特科長為非作惡，便成為亞森・羅蘋，亞森・羅蘋倘改邪歸正，便成為能特科長。」

想不到總理當時的說話，竟成現在的事實。這大盜亞森・羅蘋既改扮成刑事科長，又扮成俄羅斯公爵，有誰能猜到呢？可笑那些警官們在無形中竟做了大盜的同黨，現在他雖入獄，但他那勝利的榮光還能照亮巴黎全市，他一入了監獄，森特監獄便成了森特王宮了。

第二天，羅蘋在王宮裡醒來，獄室的一切看去比昨晚更美麗了，白色的牆壁，中間放著一副桌椅，都釘牢在地板上，他暗道：

「社會中人對我的被捕，一定非常感動，蘋羅薩和能特是兩個人名，刑事科長和公爵又是兩種身分，誰料到是一個人呢？一個人在無聊的時候，能夠使公眾驚嘆，也是一件極名譽的事，這裡倒是一個很好的休養之處，但不知有沒有預備好一切雜用的東西，否則只得喚下人了。」

於是他按了鈴，便有一個獄卒進來，便對他道：「替我弄些開水來。」

獄卒憤怒對他望了望，他又道：「再帶一條手巾來，免得你走兩趟。」

獄卒對他橫了一眼，嘀咕著走了出去，羅蘋一手拉住他道：「你替我寄一封信，我給你一百塊。」說時，摸出藏身的一捲鈔票給獄卒。

獄卒收下問道：「信在哪裡？」

羅蘋道：「我現在寫。」便在紙上用鉛筆寫了幾行字。塞進信封，又在外面寫道：「ＭＳ先生，四十八，親展巴黎。」

獄卒默默地走了。

羅蘋在椅子裡坐下，自語道：「目前我還有兩個敵人，第一個是警方，他們雖已捉住我，但在我是不值一笑的。還有一個便是那隱形的惡徒，他不但沒有捉到，而且還很難捉，他在警署中告發了我，又關上了通道的門，使我活活的被捉，一切都是他造成的。總之，他和我的目的，無非是猜透卡世白一案的秘密，但現在我身為階下囚，他呢？有親王呂亞賽和伊南百老人做武器，已距離得勝不遠……」

他想了好一會兒，獄室的門開了，他呼道：「典獄官，請進來。」

典獄官驚道：「你在這裡等我嗎？」

答道：「正是，我已寫信請你來，我料知獄卒定會把信送到你處，我不是寫著MS嗎？這便是你姓名的縮寫，四十八是你的年紀。」

典獄官麥布山德道：「你還要戲弄我嗎？你的錢在這裡，等你出獄時還你，但現在得再來一次身體檢查。」說完，便帶他到一間小小的檢查室內，由旁邊的獄吏監視著，進行更仔細的檢查。

完畢後，再到獄中，典獄官道：「這麼一來，我們也可安心了。」

羅蘋道：「你的部下辦事很老實，這裡一點小意思是我送給他們的。」說時又拿出一百元鈔票來。

典獄官一見，嚇得直跳起來，訝道：「這錢是藏在哪裡呀？」

羅蘋道：「像我這樣的人，隨時隨地都有發生事情的可能，身邊自然免不了要帶些錢呀！」說時把左手的中指拔下，接著道：「這並不是我的真手指，是牛大腸做成的一種膜，做的和手指的顏色一樣，套在中指上，有誰瞧得出呢？在裡面要藏三四百元鈔票，不是很容易嗎？」

典獄官聽得一愣一愣，羅蘋又道：「這並不是我有意嚇你，不過是命你不要把我看做尋常的囚犯看待。」

典獄官道：「獄中的規則，最好請你遵守。因為我也有責任。」

羅蘋道：「話雖不錯，但不許我和朋友通信，不許我投稿報館，總之，這裡的一切，太使人不滿意了……」

典獄官驚道：「難道你要越獄嗎？」

羅蘋道：「要知我在這裡，隨時都有預備逃走的念頭呀！」

典獄官懶懶地走出去，心裡很不自在，暗想這個囚犯竟會說出這種話來，倘若真的實行時，叫我如何防備呢？

今天要初審了，偉佩氏挑選了十二個精悍的警佐，親自把這稀有的大盜帶上了汽車，前後左右都有騎馬的巡警護送著，直向裁判所駛來。

羅蘋在車中見了，大喜道：「這樣森嚴的護衛，不是和護送外國的大使一樣嗎？偉佩君，你倒不會忘記伺候長官的禮貌，實在可嘉。」說時拍拍他的肩頭，又道：「副科長，我已決定上辭職書了，並且我還得保證你接任正科長咧！」

偉佩道：「已經接任了。」

亞森・羅蘋道：「這更好了，我早想走了，都是為了掛念著這事，現在聽你這麼說，我安心多了。」

到了裁判所前，階下等候的一群警察中，自己最得力的門徒紫齊西兄弟倆也在裡面。

偉佩走上前問道：「亨陶推事可曾出席？」

答道：「已經在裡面了。」

於是偉佩便帶了亞森・羅蘋走上石階，紫齊兄弟走在羅蘋的兩旁，羅蘋便對他們說道：「我出來時，你們仍得等在這裡。」又低聲說了幾句話。

亨陶推事見副科長帶了亞森・羅蘋來，便得意地拈著鬚道：「啊啊，果真來了，我早料到總有一天能捉到他。」

亞森・羅蘋道：「恭喜你，亨陶先生，你裁判了我這樣正直的人，能夠得到聲譽，在你不是很幸福嗎？」

亨陶道：「正是，今天要裁判的人，他犯的竊案啦，盜案啦，詐取案啦，偽造案啦，共有三百四十四件。」

羅蘋道：「只有這一點嗎？那可真慚愧了。」

推事道：「我且問你，你的真實姓名總也查不出來，幾年前，你入了森特監獄，後來越獄，現在的你，不但身材不同，連指紋也不一樣，所以我問你，你到底叫什麼名字？」

羅蘋道：「我也正想問你，我的姓名，我自己也記不清了。」

亨陶怒道：「亞列特是被誰害死的？」

「他的同黨。那地室裡還有一條地道，他是從那條路逃走的。」

「那麼你為什麼不同樣逃走呢？」

「自然我是想逃的，但那通道的門已經被關上了，亞列特的同黨看我正在開門，便乘機偷入地室，把他的同黨殺死，這樣一來，便免去洩密的危險，同時又把我預備的衣包也帶進櫥裡去。」

亨陶道：「這衣包有什麼用？」

「是我假扮用的，我到芬蘭廬舍去時，是這麼計畫的，先把亞列特交給警察，然後便卸去蘋羅薩公爵的服裝……」

亨陶道：「立刻扮成能特科長出現。」

羅蘋道：「正是如此。」

亨陶道：「那是不可能的。」

羅蘋問道：「為什麼？」

亨陶道：「這只能瞞過世人，我亨陶是絕對不會承認亞森・羅蘋就是能特大偵探的，亞森・羅蘋也能做刑事科長？別的事也許還能隨你的意，只有這件事哪裡能夠呢！凡事總得有個界線，亞森・羅蘋做刑事科長，不是大大的笑話嗎？」

亞森對張大了嘴的偉佩道：「這樣說來，偉佩君，你的升官發生了阻力，因為倘我不是能特科長，那麼科長還存在著，他藏躲在那裡，這位聰慧的推事老先生當然能找他出來，這樣一來，你又……」

亨陶接著道：「當然，我定能找他出來，由我親自去找，到那時，我叫能特科長和你一見，那便很有趣了。」

羅蘋道：「你既說得這般堅決，那麼請你乘輪船到西貢去，那裡你便能得到真能特已死的憑證來，你要看他的死亡證明也很容易，我不過是代替他出現罷了。」

推事聽到這裡，得意的神色漸漸消失。

羅蘋又道：「這裡還有一人可以供給你用，我正找尋這人，沒有成功，那麼你去找……」

亨陶道：「這人是誰？」

「那德國人伊南百老人，偉佩君，他不是在警察署內被人劫去嗎？」

推事對偉佩瞧了一下，偉佩道：「推事，這人定要出庭的。」

推事聽說，便站起來道：「亞森．羅蘋，今天不過是形式上的初審，往後再細細問你吧！」

二十二　能特科長

初審完畢後，羅蘋仍由副科長偉佩送回去。

羅蘋將出裁判所時，對左右紫齊西兄弟道：「明天我有三封信託你們，一封是給你們的，現在快去監視伊南百老人，別讓他對任何人說什麼話。」

他走進汽車時，聽見警官們說道：「快回去吧，兩點鐘時還有重大的事哩！」

羅蘋回到獄室裡，寫了幾封信，一封是給紫齊西兄弟的，裡面是命令他們辦事的事項，還有一封信是給羅伊的，上面寫著：

羅伊姑娘：

我是怎樣的人，現在妳總該明白了，我實在是妳母親極遠的一個朋友，我所過的兩種生活，妳母親絕對不知道，她只以為我是一個可信託的人，所以臨終前把她女兒的前途託付給我，並且有遺書給我。我雖是一個不足受妳尊敬的人物，但我卻不能中止妳母親托付我的一切，因此妳別見外。

亞森．羅蘋

還有一封信是給卡世白夫人的，上寫：

夫人：

蘋羅薩公爵因敬愛夫人心切，所以用盡心機，獲得夫人的知遇，今天蘋羅薩公爵已一變為亞森．羅蘋了，但我很希望您切勿把我保護夫人的權利免去，以後我怕沒有機會再和夫人相見，但我這種人，無論怎樣總能設法保護夫人的，再見吧！

公爵蘋羅薩

寫好信，卻見一張小紙片掉了出來，拿起來一看，見是報紙上的字一個個剪下來貼成的，當下十分詫異，便讀道：「你和男爵的戰爭已經失敗，快把干涉此事的野心打消，否則我將反對你的越獄了。ＭＬ」

羅蘋暗想：這惡徒可真厲害，連這種地方也會來阻撓我的行動，他的力量實在很大。當下他懷疑起獄卒，但瞧他那副鐵板似的臉，又不像會被人收買的，只好先按下疑心再說。

到了進監後第十二日，亞森・羅蘋比平日更起來的早，自語道：「如果一切能照我的計畫進行，那麼今明兩日定能得到好消息了，如今，我已受過四次審問了。」

這時門鎖一響，獄卒進來了，冷冷道：「推事又要審問你了。」

於是羅蘋又隨了警官到達裁判所裡，紫齊西兄弟倆等在石階上，他趁上階時問道：「一切都順利嗎？」

「都照你的吩咐辦妥了。」

「偉佩呢？」

「今天似乎很忙，恐怕不在這裡。」

到了推事室內，一眼便瞧見伊南百老人靠在椅子裡，神色比以前更憔悴了。

推事問道：「這位你可認識？」

羅蘋道：「不用說，是伊南百老人。」

亨陶道：「正是，全仗偉佩科長和紫齊西兄弟，居然將他找到，據這位老人家說，你若不在場，他什麼都不肯說。」

羅蘋道：「有這等事？我亞森・羅蘋竟這般地受人敬重嗎？」

亨陶道：「他尊重蘋羅薩公爵，他說公爵是他的救命恩人，並且也曾和能特科長密談過。」

羅蘋道：「那還是我做刑事科長的時候咧。」

亨陶道：「伊南百，你知道他是能特科長嗎？」

伊南百道：「不，但我已知道亞森・羅蘋便是能特科長了。」

亨陶道：「那麼你總可以說了。」

老人道：「是的，但須讓我們兩人說。」

亨陶道：「這是什麼話？這裡是公務機關。」

伊南百道：「我也知道，但我說的秘密非常重大。」

亨陶道：「那麼警官，你暫且退去，我叫喚時，必須立刻進來，伊南百老人，現在只剩我和秘書兩人了，並且我們絕不記錄下來。」

於是伊南百椅子移近推事，說道：「算來這事已有十年了，十年前，我碰到一件神秘的事，裡面有兩個人，一個是在法蘭西占有極高地位的人，一個是義大利人……」

這時，忽然推事的頭上猛吃了一拳，接著耳下又一拳，秘書官也被打倒，原來這人正是亞森・羅蘋。

這時他打倒了兩人，忙去關好門，道：「老人，我叫你預備的麻醉藥呢？」

老人抖抖地道：「兩人都死了嗎？」

羅蘋道：「不，不過是暫時昏過去罷了。」說時，伊南百取出一個小瓶來，還有一塊棉花，羅蘋在棉花上滴上幾點，並放在亨陶和秘書的鼻子上，然後說道：「這樣便可安心十分鐘了，老人，快把緊要的話說出來吧！第一，殺死卡世白氏的兇手是誰？」

老人道：「這個不能說。」

羅蘋奇道：「為什麼？你不是說一切都知道，特地來對我說的嗎？」

老人道：「不錯，但只有這個不能說，因為我還沒有得到證據，且待你出了獄和我一同找尋證據吧！」

羅蘋道：「那兇手很可怕嗎？」

答道：「是的。」

羅蘋道：「那這個暫且不管，我且問你，親王呂亞賽到底是怎樣的人物？」

老人道：「這個人本名叫做赫曼四世，爵位是泰伊巴根海屯大公爵，白侖斯特公爵，斐司丁根伯爵，威士赤頓等大邑的主人。」

羅蘋聽到這裡，心想：我手下保護著的人，到底不是個屠夫之子，道：「這爵位可大極了，記得這巴根海屯大公國不是在德國的普魯士嗎？」

老人道：「是的，在普魯士的馬瑞耳，本是從泰伊巴根王爺家中分支出來的一族，這大公國在魯南盤和約後，就變成法蘭西屬蒙冬諾的一部分了，在一八一四年間，又被赫曼一世，就是呂亞賽的曾祖恢復過來。他那嗣子赫曼二世，年輕時十分荒唐，任意浪費國庫的收入，因此被臣僚謀反，把一座稱做皇城的海屯古城放火毀去，又把大公爵逐出國境，於是這大公國便由三個獨裁者統治著。

「這個赫曼二世，逃到柏林過著困苦的生活，又和俾斯麥做朋友，因此普法戰爭時，他加入德軍，不料在圍攻巴黎時，被炸彈炸死。臨死時，把兒子赫曼三世鄭重託付給俾斯麥，於是這位德國首相非常愛惜赫曼三世，常派他充當密使去訪國外的名流，後來俾斯麥失勢，赫曼三世便離開柏林遊歷各地，後來又回到德國，便逗留在特來斯頓，到俾斯麥去世後二年，他也死了，這些事，凡是德國人民都知道。關於赫曼四世，有一件很秘密的事。」

羅蘋道：「只有你知道嗎？」

老人道：「還有兩三個人知道。」

「還有兩三人，那豈不是會洩漏嗎？」

老人道：「不會的，我是從赫曼三世的一個秘書官那裡聽到的，他在非洲病死，那時由我看護他，無意中談起他主人曾和一個女子私下結婚，又生過一個兒子。」

這時亞森・羅蘋俯身在亨陶推事身上，見他仍是昏倒著，便安心地回過頭來。

老人道：「我且從頭講起，俾斯麥死的那一夜，赫曼三世帶了他忠誠的秘書，出了特來斯頓，乘火車到謀聶克，再改乘特別快車到奧國的維也納，從這裡又到土耳其的君士坦丁，埃及的開羅，義大利的那不勒斯，非洲的勤尼士，再到西班牙、巴黎、倫敦、聖彼得堡和波蘭的華沙等，在歐洲各地奔跑。每到一處，便鄭重地抱著兩個包，有一天，他倆到了普魯士的脫里白司市，兩人戴著工人帽子，穿著法蘭絨襯衫，這樣步行了二十二英里，到達他父親被逐去的古城，兩人在森林裡躲了一整天。到了晚上，進了這座古域，叫秘書等著，他一人由一個俗稱『狼口』的小城洞裡進去，一點鐘後便出來，於是兩人再回到特來斯頓。」

羅蘋道：「他們這次的旅行，可有什麼目的？」

老人道：「這次的事，連他的秘書也不明白，直到後來各種事件綜合起來，才有些頭緒了。」

羅蘋道：「說得簡單些。」

老人忙道：「兩人回來後兩個星期，有一個叫翁特伯爵的來訪他，他乃是德國皇帝禁衛中的一名將校，又是皇帝的知己，他帶了六個隨從，在赫曼三世家裡整整的談了一天，其間還夾著些爭論的聲音。這位書記官偶然經過書室，聽到了幾句：『這些筆據，我皇帝陛下已深知在你手中，倘你拒絕不肯給我們……』，後來又有幾句恐嚇的話，那伯爵又在宅中仔細搜查了一遍。」

羅蘋道：「但他的目的是什麼呢？可是俾斯麥公的記錄？」

答道：「不，畢斯麥的記錄，大家都知道不在國內，那是一個公文包，這包一向由赫曼三世保存著，這文件的重要性是世上無二的，倘若這東西一旦公然發表，不但本國政治上有影響，即是德國和其他各國的國際關係也得動搖。」

羅蘋道：「有這麼重要嗎？可有證據？」

「還要什麼證據，這事是由大公爵的夫人親口對秘書官說的，但是還有一件更重要的東西。」

羅蘋忙問：「什麼？」

老人道：「就是這秘密文牘的目錄，是由大公爵保存……」

羅蘋道：「你用一兩句話說完了吧！」

老人道：「實在不是一兩句話所講得完的，這些筆據十分的長，到處有著注解，其中也幾處意思不明的，這兩束文牘的標題，我且對你一說，一束叫『皇太子殿下致俾斯麥公之親筆書函』。從時期上看來，大概是腓特烈三世死前三個月間的書信，那內容只消一想到腓特烈皇帝的病狀和皇帝與皇太子的爭端等，便可見一斑了。」

羅蘋急道：「不錯，快說那第二個標題。」

老人道：「那是腓特烈三世給維多利亞皇后陛下信函的攝影，送給英國女皇的。」

羅蘋咋舌道：「真有這個嗎？」

老人道：「你且聽著，那大公爵摘記的題目有大不列顛與法蘭西條約，原文還有什麼……亞爾薩斯洛林……殖民地……海軍軍備限制等等莫名其妙的名稱。」

羅蘋道：「真的嗎？什麼莫名其妙，那是最清楚也沒有的了，那是真有的嗎？」

這時門外人聲喧嚷，有人在敲門了。

羅蘋聽到敲門聲，大喝道：「不許進來，現在正是緊要關頭，伊南百老人，你快些說吧！」

伊南百見門已猛烈搖動，門外偉佩又在叫道：「亞森・羅蘋。」

羅蘋道：「偉佩，再五分鐘，伊南百老人，你放心說吧！依你說，那大公爵和秘書官到古城去，是藏那秘密文件了。」

老人道：「正是。」

羅蘋又問：「那麼後來這大公爵可曾去拿出來？」

老人答道：「沒有，大公爵直到死也不曾離開過住宅。」

羅蘋道：「那麼大公爵的敵人，當然要去拿出來消滅它的呀！」

老人道：「但他們沒有發現那秘藏處所呀！」

羅蘋道：「你怎麼知道？」

老人道：「你想我既知這個秘密，哪裡還坐得定，所以立刻趕往古城去，借宿在鄰村，打聽得先前有兩度從柏林派來十二個人，前來搜索古城，但是一點也沒得線索，後來這古城也就封起來了，並且有五十個守備兵日夜守望著。」

這時門外鬧得更厲害了，只聽得叫道：「快開門。」

羅蘋道：「那大公爵是害什麼病死的？」

答道：「腦膜炎，臨死前，他有句可怕的遺言，在神志稍清時，夫人給他一張紙，好不容易寫了幾個字。」

羅蘋忙問：「什麼字？」

老人道：「大多數不甚明白，只有三個字清楚，是8・1和3。」

羅蘋道：「8・1・3，還有什麼？」

老人道：「還有的都不甚清楚，就是看得出來，也不過是些使人不懂的字母。」

羅蘋道：「可是PRO三個字嗎？」

老人訝異道：「你已知道了嗎？」

羅蘋道：「這三個神秘的數字和字母，就是大公爵留給他夫人找尋秘密的線索嗎？」

老人道：「正是。」

「那夫人又怎樣了？」

「自大公爵死後，夫人因悲憤過度，不多時也就死了。」

「那孤兒可是由親族撫養？」

「哪裡來的親族，大公爵又沒有三兄四弟，那孤兒便由秘書官撫養著，不料這兒子偏又不成才，行為非常不正，有一次，不知到哪裡去了，之後也就不回來了。」

「這人可知道自身的秘密？」

「知道，他父親寫下的幾個字母和數字，他也見到的。」

「總之這秘密除你之外，別無第二人知道了，但那卡世白氏呢？」

「我很小心，只給他看了這些字母和數字，那兩張文牘的筆據，我留在自己手裡。至今想了，真是萬幸。」

這時羅蘋抵住門道：「那筆據你藏得很穩妥嗎？」

「是的。」

「在巴黎嗎？」

「不，在別地方。」

「那很好，要知你目前很危險，正有人要你的性命。」

老人道：「這我也知道，只要有一步走錯，便一切都完了。」

羅蘋道：「正是這樣，那麼你格外留心些，須得撇開敵人才是，並且把筆據取來，聽我的指導。目前時間緊迫，至多一個月，我和你一同到古城去吧！」

伊南百道：「但我怕要入獄了。」

羅蘋道：「不要緊，我可搭救你，在我逃出來的一天，或逃出來一小時，就……」

老人道：「有逃走的方法嗎？」

「有很妥當的方法，現在你還有什麼話嗎？」

老人道：「沒有了。」

於是羅蘋開了門，對偉佩一鞠躬道：「對不起，科長！」

偉佩很是惱怒，瘋狂似的帶了三個警察闖進來，卻瞥見推事和秘書倒在那裡，震怒萬分，叫道：「他們死了嗎？」

羅蘋道：「不過是打個瞌睡罷了，因推事先生太疲乏了，所以叫他暫時休息一下。」

偉佩怒道：「豈有此理！快把亞森．羅蘋送進獄中，並加以防備，那老人……」

羅蘋來不及聽到發付老人的話，便被警佐等押上囚車去了。

二十三　老人遇害

亞森・羅蘋預料這次打倒亨陶推事，又用麻醉藥迷住他們，這種無理的舉動，定不會輕易完案的，不料竟恰恰相反，他並沒有受到什麼刑罰。

兩天後，推事親自到獄中來，惡狠狠地說道：「上次的事，可以不去追究，不過以後須在獄中審問了。」

羅蘋一想，這可糟了，因為在獄中審問，便沒有機會再和紫齊西兄弟會面了。於是他絞盡腦汁，想出了一個計策。原來他獄中服的勞役是糊信封，每天早上分配紙張和膠水給他，由一個商店職員來送貨收貨，於是他設法賄賂這個店員，把外來的信件夾在紙張中，出去的信件夾在做好的信封裡，這樣便很容易地和外面通上信了。

第六天早上，他接到一封信，上寫：「事情很得心應手，伊南百已恢復自由，現正隱居鄉下，羅伊也很健康，卡世白夫人正在世歐里亞旅館養病，羅伊常去探問她，每次總和呂亞賽會面。這個通信的方法仍很安全。」

羅蘋讀後，心知這次努力已經成功，目前只要照著計畫，進行一切。於是他在獄中搜索枯腸，三天後，巴黎民報上登出一則新聞，上面說道：「世人所知的著名的俾斯麥公的記錄，不過是關於各事件的公開歷史罷了，但是還有一種秘密記錄，性質完全不同，據可靠的消息，不久的將來，這東西便會問世了。」

這則新聞登出後，驚動了數十萬的讀者，評論百出。德國的報紙爭辯得更厲害，都奇怪這個消息是哪裡來的，作者是誰，秘密文件又是怎樣的，發信者又是什麼人？眾說紛紜，議論不一。

森特監獄第十四號的囚犯給巴黎民報的主筆先生：

我在幾天前，對歐洲的外交問題曾有一番談話，誰知有一部分說話在星期二的貴報上發表了出來，我讀到後，覺得這記事雖已把要項完全陳述，但有必須改正的地方，那秘密信件的確至今還在，可見是極重要的東西。在過去十年間，有關的×國政府曾幾度搜尋過這份秘件，但一無所得，這信件的內容如何，以及藏在什麼地方，至今仍沒有人知道。

我因要滿足讀者的好奇心，竭力注意此事，但得寬限幾天，因為要追究這件事，事先不得不有個準備，目前我還沒有這個準備，連專心這事的時間還缺少哩！

今天我先報告兩件事，這些信札是俾斯麥臨終前託付給一位老友的，因此這位老友受了君王的懷疑，常有人監視著，並曾數度被人搜查住宅和陷入麻煩，現在我已著手偵查了，所以在二、三天內，這大秘密的真相便要揭破。

亞森・羅蘋

到此，大家才知道是亞森・羅蘋在操縱這事，於是大家十分興奮，因為大名鼎鼎的亞森・羅蘋，是什麼事都做得到的。

三天後，又有亞森・羅蘋的來信，在巴黎民報上登出來：

上次報告的俾斯麥公的老友，他的名姓我已知道，乃是泰伊巴根海屯大公國的大公爵赫曼三世，那些秘密信件，藏在赫曼大公爵的首都海屯古城裡，這古城在十九世紀已大半燒毀，有關藏信的地點和信件內容，容我細細詳解，四天後再發表吧！

亞森・羅蘋

四天很快地過去了，大家在街上爭買巴黎民報來看，竟連亞森・羅蘋的姓名也沒有一個，記事更不必說了，後來從一個警官口裡得知詳情，原來有人密告羅蘋在信封內夾帶私人信件，雖經當局嚴密查探，仍得不到什麼證據，只得停止羅蘋糊信封的工作，但羅蘋又提出要會見一位曼杜律師，他一向輕視律師，如今提出這個要求，不知是何用意。

次日，曼杜律師到了獄中，脫下帽子，攤開訴訟的文件，在極深的近視鏡框中，睜大了眼珠開始質問，羅蘋回答後，他一一記入手冊，口裡不住地說：

「這個時候，你應該這般回答……那個時候，你又應該那般回答。」

羅蘋只是唯唯諾諾，卻在暗地裡從帽子的皮邊抽出一張夾著的紙，乃是紫齊西兄弟給他的，是預先約好的密碼文字，上寫：「我已冒充曼杜律師的佣人，以後可利用這個安全的方法通信，上次告發你的人，就是ML那傢伙。」

羅蘋讀畢，便把先前預備好的字條摺好放進帽子去，次日報上，又有他的啟事登載了：「我先向各位道歉失約之罪，實在因為森特監獄裡的郵務太不方便了，各位，那秘密文件已到了我的手中，雖然不能發表，但可以略向讀者們報告一二，這些信中，有幾件是畢氏的弟子，而且很受人崇拜的一個人物給畢氏的信件，幾年之後，他自去做一個統治國家的人了。」

羅蘋最後一次的啟事，寫道：

「我的偵查已經完畢，我的部下已趕到古城去了，信件的內容，我已有所得，發表日期大約在兩星期之後，換句話說，八月二十二日，便是各位一讀當代絕大秘密的日子，等待好消息的到來。亞森・羅蘋。」

羅蘋和外面通信的方法，仍用律師的帽子，這麼一來，律師的帽子竟無形中做了亞森・羅蘋的信箱，曼杜老律師每隔二三天，便頂了各方的消息傳遞到獄中來，又從裡面頂了羅蘋的命令出來。

不料幾天後，偉佩刑事科長又得到一個自稱ＭＬ的打來的電話，告訴他曼杜老律師在替亞森羅蘋傳遞信件，於是急去盤問他，但曼杜老人家卻摸不到頭腦，之後改叫一個少年律師陪著他探監。這樣一來，羅蘋和外面的通信又宣告停頓了。

八月十三日，兩位律師仍照例和他相對著問話，忽然羅蘋看到律師包東西的報紙上，用頭號鉛字登著一則新聞，仔細一看，便頭腦昏沉，臉色蒼白了。新聞是：

「本報編輯截稿的當下，接到兩封驚人的電報。在德國巴威邦的渥固士堡，發現一個老人的屍體，是被小刀刺破咽喉而死。死者的姓名是伊南百，乃是卡世白一案中重要的人物。又據我方通信員的急電，著名的英國大偵探福爾摩斯，已由我國皇帝召來，正向普魯士的哥龍出發，直向海屯古城趕去，目的是去查探8・1・3的秘密。倘他們能成功歸來，那麼這數月神出鬼沒的亞森・羅蘋，將陷入一敗塗地的境地。」

二十四 貴客

森特監獄第十四號的囚犯亞森・羅蘋，已經無計可施了。

光陰一分一秒地過去，八月十九日了，只有兩天了。羅蘋的腦筋日漸紊亂起來，忽而雀躍，忽而頹喪，每日裡像有敵人來襲擊他似的。

他自嘆道：「唉，實在我太自信了，不錯。只要那秘密處所不被福爾摩斯發現，就有救了。」

二十一日了，這天他起來得很遲，身上像害了熱病，心房狂跳著。

九點鐘了，十點鐘了，神經緊繃著，常常側耳傾聽外面可有什麼聲音，忽然門上鑰匙一響，門開了，走進來三個人，典獄官很鄭重的說道：「讓我來開燈吧！」

一個身材高瘦的男子操著外國口音說道：「不必，這盞燈已經夠了。請你暫時退出去。」

於是典獄官施了一禮，退出去站在容易聽到傳喚的地方。

這裡兩個人互相講了幾句話，在暗中瞧不清他倆的模樣，只覺得有兩個黑影站在面前，低戴著帽子，瞧不清他們的面貌。那高個子的問道：「你是亞森・羅蘋嗎？」

羅蘋道：「正是，現在已變成森特監獄的囚犯了。」

「投稿巴黎民報館的想來也是你了，說什麼有秘密文件……」

羅蘋插話道：「且慢，請問你是誰？」

那人道：「你只要知道是典獄官把我們帶來的就行了。」

羅蘋怒道：「這可見典獄官不懂禮儀了，照理他應該向我們雙方介紹，還有那邊的一個，還戴著帽子，這太無禮了，快脫下吧！」

高個子對戴著帽子的操著德語道：「讓我來吧！」

另一人道：「但是……」

高個子道：「不打緊，你且出去吧！」

這裡只剩羅蘋和高瘦男兩個了。那人道：「我要告知你姓名嗎？」

羅蘋道：「不必了。」

那人問道：「為什麼？」

羅蘋道：「我已知道了，你就是我巴巴地望著的貴客。」

那人道：「我嗎？」

羅蘋道：「是的，陛下！」

那人一聽得「陛下」二個字，急忙說道：「不許你這般說。」

羅蘋道：「那麼該怎樣稱呼……」

那人道：「不用什麼稱呼，我且問你，八月二十二日，就是明天，你不是要在報上發表秘密文件嗎？」

羅蘋道：「今天午夜，我的朋友自會送往巴黎民報館，其實這並不是秘密信件，是赫曼三世注釋過的秘密信件的目錄。」

那人道：「這目錄也不可送去，須交給我。」

羅蘋道：「須交給陛……不，您嗎？」

那人道：「連同秘密文件，一封也不能拍照留底。」

那人又道：「你曾讀過這秘密信件嗎？」

羅蘋道：「沒有，我有大公爵所註的目錄和抄本，而且知道秘藏的地方。」

那人道：「為什麼你不去拿來？」

羅蘋道：「是入獄後才知道的，現在我的朋友已趕往古城了。」

那人道：「但那邊有兩百個精兵把守著呀！」

羅蘋道：「二百萬人也沒有用。」

那人想了半晌，問道：「你怎麼知道這處所呢？」

羅蘋道：「是從推理知道的呀！」

那人一聽，道：「你要多少錢才不洩漏這秘密？五萬夠嗎？十萬如何？」

羅蘋不答。

那人又道：「那麼二十萬總該答應了吧！」

羅蘋笑道：「要是換了別國的君王，像英國國王，一定肯賜我三百萬的，您也可以賜我三百萬嗎？」

那人略吃一驚道：「這是條件嗎？」

羅蘋道：「是的，其實我並不在乎金錢，還有一件更重要的事哩！」

那人忙問：「什麼？」

羅蘋道：「還我自由。」

那人驚道：「釋放你嗎？這是屬於法國法律的範疇，我沒有這力量。」

羅蘋道：「陛下，要釋放我，那是很容易的，我國當局決不會拒絕陛下的要求的。」

那人聞言道：「那我去試試看，但向誰說呢？」

羅蘋道：「須向內閣總理戈立麥說。」

那人道：「只怕他不會允許我的請求。」

羅蘋鄭重地道：「我且對你說一個比喻，譬如兩大強國，為了個小小的問題，像殖民地問題或實利問題，總之是有關國家體面的，兩國不睦，其中一國的國君要用和平的方法去解決這個局面，譬如……」

那人搶著說：「譬如我對法國放棄摩洛哥王國，哈哈哈。」說時忍不住大笑，又道：「不錯，近世外交上的種種策略，要被釋放亞森・羅蘋一事推翻了，哦，你為什麼不索性要求我把亞爾薩斯洛林還你們呢？」

羅蘋道：「這個我也曾想到過的，陛下，目前只求摩洛哥問題的圓滿解決便得了。」

那人道：「厲害極了，那麼把摩洛哥問題和釋放你出獄做為條件就夠了嗎？」

羅蘋道：「雖不能說完全，但那關係國家對我表示好意也夠了，那時我再交出那些秘密信件來。」

那人道：「只怕那些人不值這等代價。」

羅蘋道：「那裡面有陛……您親自的手筆，倘這些不是如此重要，你也不會微服到獄中來見我。還有更重要的，想您還不知道這發信的人哩！」

那人急問：「是誰寫的？又是什麼信件？」

羅蘋放低了聲音，道：「那是二十年前的事，是一張條約的草稿，由德、英、法三國簽訂的。陛下的父王和英國的女王，在腓特烈王后的勢力下活動著。」

那人又道：「這是絕不會的，哪有這種道理。」

羅蘋仍道：「這活動的通信就藏在海屯古城中，那處所只有我一個人知道。」

那人興奮地道：「通信的文字中，可有那條約的原文嗎？」

答道：「有的，是陛下父親的手筆。」

那人又問：「條約裡說些什麼？」

「照條約看來，英國和法國已默許德國造成一個大殖民地帝國，這事德國雖還沒有辦起來，但為了要保持這強大的局面，是必須實行的。」

「那麼英國對於此舉，有什麼條件？」

「限制德國所有的海軍。」

「法國怎樣？」

「交還舊地亞爾薩斯洛林。」

那人聽了，默默地想著。

羅蘋又道：「這事一切已準備妥當，英法兩國也表示同意，這個三國和平同盟一旦締結成功，那麼歐洲便能奠定永久的和平局勢了，誰知陛下的父王恰恰在這時駕崩，於是這事也成了泡影。陛下試想，陛下的父君腓特烈三世乃是十九世紀的偉人，他肯歸還亞爾薩斯和洛林二省，一旦成為事實，豈不是要轟動全球嗎？」

這些話，句句都深入這位德國皇帝的腦海，羅蘋又道：「陛下再仔細一想，可願意讓這些信件公布出去，日後記錄在歷史上，或者不願意，不過這事，我想用不到像我這種外臣來干預了。」

那人問道：「你可還有什麼條件？」

羅蘋道：「有的，不過是件小事。」

那人道：「什麼事？」

羅蘋道：「我已發現泰伊巴根海屯大公爵的公子了，那些大公爵的舊地得交還這人。」

那人道：「還有嗎？」

羅蘋道：「有，這位大公爵的公子有一位愛人，他倆須得成婚。」

那人又問：「還有嗎？」

羅蘋取出一封信來道：「沒有了，這裡有一封信，陛下把這信交給巴黎民報館的主筆，他一見到這信，凡有妨陛下和我們的文字都會毀去。」

那人接過信，戴上帽子，披上大衣，飛也似的走了。羅蘋目送他去後，歡呼一聲，倒在椅子裡。

二十五　赴德

這段日子，羅蘋安心地等候出獄。

這天獄卒進來，叫他交給刑事科長，然後坐上一輛汽車裡，裡面已有人在。

羅蘋笑道：「偉佩君，有勞你了，好容易捉住我，如今又放走了我，不免要留個臭名了。」又回顧車中人道：「警察總監，你也來嗎？這可不是名譽的事呀，我勸你還是躲在署中，將這次的榮譽給偉佩君一人去消受吧！」

汽車開得很快，沿著塞納河到了勝勞克街，羅蘋道：「好極了，是往伽而司村去嗎？」

果然給他猜中了，汽車進入園子，停在新月廬舍門前，羅蘋和同坐的兩個人進了地道，走到通道的出口處，偉佩對他道：「你已自由了。」

羅蘋道：「這手續倒簡單，偉佩君，承你照拂，總監珍重。」說完便跳上芬蘭廬舍的石階，忽然被人拖住，定睛一瞧，見是前晚隨德國皇帝來的那個男子，另外還有四個人。

羅蘋道：「這算什麼，我已被釋放了呀！」

德國人粗聲道：「是的，不過你的釋放是為了要和我們同行。」

他們來到別墅的庭前，坐進一輛大車，羅蘋和那男子坐在司機的後面，汽車整日的開著，到傍晚還不停下。又開了一夜，到了一個坡上的客店裡，才進去用了早餐。

羅蘋看路旁立著的路標，才知到了德國的曼珠姝市和比國的羅克遜堡之間。

用餐完畢，又繼續向德國的得利布司市前進。

羅蘋道：「對不起，請問你可是皇帝陛下最信任的忠臣，曾搜索過赫曼三世的住宅的翁特伯爵嗎？」

那人不做一聲。

羅蘋道：「伯爵，不是我多嘴，你不見剛才我們的汽車啟程時，在我們後面也有一輛汽車出現嗎？想你不會沒瞧見吧！」

這時車子開到一個山坡頂上，伯爵伸出頭去，向後面一看，失色道：「喔！這是……」

羅蘋忙問：「什麼事？」

伯爵並不回頭，只說道：「當心些，否則便不利於你。」指著羅蘋，對手下說道：「倘他要抵抗，便把他綑起來。」一面摸出手槍來。

羅蘋道：「我為什麼要抵抗，你以為我和後面的汽車是同黨嗎？」

伯爵不答，對司機道：「向左邊慢慢下去，讓他們先行，倘後面的車子也慢下來，那我們不妨停住。」

誰知後面的車子反而加速開到他們旁邊，有一個穿黑衣的男子，舉手開了兩槍，伯爵倒在車中。兩個部下不去照顧他，反撲向亞森・羅蘋身上來，將他綁住。

羅蘋怒道：「笨蛋！快去拿住他呀，他便是殺人凶手，快追呀！」

他拚命狂呼，但那兩個部下只管按住他，在他嘴裡塞了東西，然後再救伯爵。

伯爵的傷並不厲害，不過身子受了震驚，昏過去了。

這時正是上午八點鐘。車子停在市郊，部下四個人對於此行是為了什麼，目的地在哪裡都不明白，所以只得把車子停在一處樹蔭中。到了傍晚，才有一隊人馬因見他們遲遲未到，猶恐有失，才前來查探。

翌日早晨，亞森・羅蘋由一個軍官帶進一間華麗的屋內，前次去獄中拜訪他的貴客正坐在書桌旁看報紙和報告書，用紅筆到處畫著。

他先命軍官退了出去，然後走到羅蘋身旁道：「快交出那秘密的信件。」

羅蘋不慌不忙地道：「信件在古城中呀！」

那人道：「我們已在古城的外城了，你瞧！」

羅蘋道：「信件就在城腳裡！」

「那麼你在前引路，帶我去。」

羅蘋道：「這可無法如陛下想的那般簡單，要開那寶藏的地方，須要等到適當的時候才行。」

那人道：「要等多久？」

羅蘋道：「二十四小時。」

那人微怒道：「我們沒有這麼多時間了。」

羅蘋道：「不，你把我從巴黎帶到這裡來，怎樣看守我，可隨你的意思，在我只消拿出那信件來就是了。」

皇帝聽得呆了，他按了一下鈴，翁特伯爵進來，皇帝道：「翁特嗎？你復原了沒有？」

伯爵道：「沒什麼了。」

那人道：「你揀五個精幹的部下，將這人看守到明天上午十點鐘，或者十二點，他要到哪裡去，你儘管陪他去，他要做什麼事，儘管讓他做去，總之隨他的意思就是了。倘到了十二點鐘，他還不能交出那秘密文件來，那麼用你的車絲毫不必遲疑地把他送到森特監獄去。」

那人發完了命令便走了。

羅蘋拿了桌上的香菸，坐在椅中，說道：「我最喜歡這樣辦事，多麼爽快。」

不多時，伯爵已領了部下進來，說道：「走吧！」

羅蘋仍吸著香菸，並不理會，伯爵又催促道：「我們要走了。」

羅蘋道：「不行。」

伯爵道：「什麼叫不行？」

羅蘋道：「我確實不明白呀！」

伯爵又道：「什麼叫不明白？」

羅蘋道：「我實在不明白那些信件究竟藏在哪裡。」

伯爵嚇了一跳，羅蘋又笑著說道：「哈哈，老實告訴你，那個密藏信件到底在哪裡，我完全不知道，伯爵，這不是很可笑的嗎？」

二十六　初露曙光

羅蘋由守護的軍官監視著，把那海屯古城的城腳視察了兩個鐘點，和伯爵等用了點食物，然後在城內看來看去。

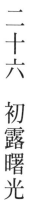

羅蘋察看著岩石的結構和牆壁的厚薄，也得不到什麼線索，於是問道：「伯爵，最後住著的這位大公爵，他的臣下可還有什麼人嗎？」

伯爵道：「那時臣下都已四散，雖有一個人留在這裡，但已在兩年前去世了。」

羅蘋道：「可有子女？」

答道：「有一個兒子，有家室，後來不知為了什麼，雙雙在夜裡逃走，只留下一個小女孩，叫做雪珠。」

羅蘋道：「她現在在哪裡？」

伯爵道：「就住在城裡，她實在很可憐，終日不大開口，就是開口，也是說些聽不懂的話。」

羅蘋道：「可是受了驚或是受了什麼刺激嗎？」

答道：「據我聽到的原因是這樣的，她的父親是個醉漢，母親是突然發瘋的。」

羅蘋聽到這裡，略一沉思，便道：「讓我和她一見。」

於是兩人走去，恰巧雪珠在房間內，羅蘋問了她幾句話，但她只說著不明不白的話，看她的模樣，她所說的話，連自己也不明白。

羅蘋用鉛筆在紙上寫了「8・1・3」三個字給她看，雪珠瞧了那三個字，沒有反應，頭移向別處去。羅蘋又寫了PRO三個字母，她仍是毫無動靜。羅蘋不死心，把三個字母分開寫，再瞧雪珠時，見她身體雖然不動，但開始注意那些字母了。

不一會兒，她提起筆來，搶了羅蘋手中的紙，在PRO的P字前加了一個A字，把RO二字劃去，在旁邊寫了LON三字。羅蘋見了，吃了一驚，原來字母已變成「亞不龍」（APLON）了。

寫完後，她仍緊握著筆，又寫了「戴安娜」（DIANA），羅蘋握著她的手催道：「再寫，再多寫些。」

忽然雪珠的眼光冷了下來，似乎不肯再多寫一字了。羅蘋只得放棄。

忽然那女子伸出手來指著他，羅蘋道：「伯爵，她要什麼？她有向人要錢的習慣嗎？」

伯爵道：「這我倒不很明白。」

這時雪珠從袋裡取出兩個金幣來，給二人看，仔細一瞧，乃是今年所出的法蘭西金幣。

羅蘋問道：「妳從哪裡得來的？」忽而想道：「我也太笨了，她可不會回答的呀！」於是向伯爵借了四十馬克給雪珠。

她拿了這新得的馬克，和金幣一起放入懷中，對著那邊一帶十五世紀文藝復興時代的舊宮殿指指，又做出引人注意的神采來，指了指左側屋頂，於是羅蘋隨著她手指指的地方趕去。

將近傍晚，他們來到一間平屋，平屋的北面是一條走廊，沿廊是十二間小室。羅蘋向其中一間走去，剛踏進門，見那德國皇帝正坐在搖椅裡吸菸，羅蘋只當做沒看見，滿室仔細地搜尋，足足找了二十分鐘，才道：「陛下，請稍移動這椅子。」

皇帝道：「你已浪費了許多時間，現在還要來戲弄我嗎？難道你想要被送回獄中去不成？」

羅蘋驚道：「你不是允許我到明天十二點鐘嗎？」

皇帝道：「那時就有用了嗎？」

羅蘋道：「為了要陛下信任我，我且說出一些心得來吧！沿這走廊的十二間小室，各有著不同的名稱，在每扇門上刻著法蘭西文的名稱，那些文字雖已殘缺不全，但我還瞧得出幾個，像『戴』和『娜』字，我便知是『戴安娜』；還有『亞』字和『龍』字，我便知是『亞不龍』。此外，像周彼德、維納斯、馬勾來、雪旦，全都是用希臘的男神或女神來命名的，那懷疑已久的PRO三字，乃是『亞不龍』誤寫的。照這樣看，陛下所坐著的一室，正藏著那神秘的信件，我自信能夠在五六分鐘內發現它。」

皇帝大笑道：「五六分鐘嗎？恐怕五六年也找不到，亞森・羅蘋，你今天的這番報告，確能表示你的聰明，但這結果我早在兩星期前便知道了，就是福爾摩斯也來搜尋過，也和你用同樣的手段向雪珠盤問過……」

羅蘋道：「福爾摩斯也試過了嗎？」

皇帝道：「是的，他把這間屋子都搜遍了，費了四天的工夫，仍是得不到線索，依我看來，信件不是在這裡吧！」

羅蘋很自信地道：「福爾摩斯花費四天工夫，在我只消四小時，倘沒有阻力的話，還不用這些時間咧！」

皇帝道：「阻力嗎？伯爵總不……」

羅蘋道：「不是伯爵，我擔心的是殺害同黨亞列特的那個惡徒。」

皇帝像早已明白的道：「他在這裡嗎？」

羅蘋道：「我到哪裡，他也跟到哪裡，他知我是能特科長的化身，便向官中告發，使我入獄，等到我出了獄，他又追了來，昨天他乘了汽車對我開槍，不料誤中伯爵。」

皇帝道：「你怎知他已到了城中呢？」

羅蘋道：「你不見雪珠手中有兩個新金幣嗎？」

皇帝道：「他打算把這女孩怎樣？」

羅蘋道：「我也不明白，但他是個神通廣大的惡徒，凡是世界上所有的事，他都有能力辦到，所以陛下須得加意防範才是。」

皇帝道：「那麼去問她吧，翁特，你帶羅蘋去吧！」

二十七　舊日記

羅蘋走到雪珠的屋中，卻發現她已不在了，便差人四處找尋。

一會兒回報說：「找不到，沒有人瞧見這個女子。」

伯爵道：「這可奇了，據隔壁一位軍官的夫人說，她整天坐在這裡窗前做針線，並沒有見雪珠出去。」

羅蘋望著天花板道：「上面有樓嗎？」

伯爵道：「雖然有，但沒有樓梯可通呀！」

羅蘋向一扇小門一指道：「這裡不是樓梯嗎？」

果然黑暗中有一段樓梯，伯爵舉步想上去，羅蘋阻止道：「伯爵，上面說不定有危險的，還是讓我上去吧！」說完飛奔而上，見上面是一間低暗的閣樓，他大呼道：「哎呀，不好。」

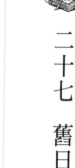

伯爵跟上去問道：「什麼事？」

羅蘋道：「這裡……地板上……雪珠……」

伯爵向地板上一看，果然見雪珠倒在地上，臂上有幾處抓傷，口裡塞著東西，

羅蘋道：「果然，那惡徒本在此地，聽見了我上樓的腳步，恐怕她呼喊，便塞住了她的口，將她推倒，然後逃出去了。」

伯爵道：「但沒有路逃走呀！」

羅蘋道：「你瞧，那裡是一條走廊，是通著閣樓的，他一定從這裡向樓下去了。」

伯爵道：「那一定會被人瞧見。」

羅蘋道：「你趕快命令部下分頭去搜查這閣樓和樓下吧！」說完，又想道：「還是自己也去吧！」

就見那邊的雪珠已醒過來了，同時有一把金幣嘩喇喇地從她手裡散了下來，不覺驚道：「果然如我的意料，你瞧！這不是她的報酬嗎？」

忽然瞥見地上還有一本書，羅蘋拾了起來，不料她閃電似的搶了過去，用全力抱在胸前，羅蘋便道：「不錯，他想要得到那本書，才給她這許多錢，但她不肯，所以手上弄出傷痕來，但要用什麼方法才能得到這本書呢？伯爵，請你下一個命令。」

伯爵會意，便命三個部下去推雪珠，她用盡全力拼命地掙扎，但到底力量不

大，被他們搶了過來。

羅蘋道：「好孩子，不用害怕，我們絕不會欺侮妳的。各位，你們在我瞧這書的時候，注意著她，不要讓她亂動。」

說完便翻開書本，是一本手抄的法蘭西名著，但是只寫了一半。照裝訂看來，至少是百年以前的古物，右面的幾頁用羊皮紙貼著，寫滿小字，他仔細地看下去，見上面寫道：

「德意志泰伊巴根海屯大公國法蘭西外臣麥爾格沙古騎士一七九四年日記。」

伯爵叫道：「奇極了。」

羅蘋忙問：「你為什麼這樣驚奇？」

伯爵道：「雪珠的祖父，正是姓麥爾格呀！」

羅蘋道：「那麼她的祖父定是寫這日記人的兒子或孫子了，所以這日記會落在她的手中。」

再往下看：「一七九六年（本年是一九一二年）九月十五日，太子圍獵，又二十日，太子練習騎術，馬名白鷹。」

羅蘋瞧道：「沒有意思呀！」

又翻了幾頁，道：「一八〇三年三月十二日，巴碩克拉翁寄給赫曼陛下，告知他正在倫敦專修音樂。」

羅蘋笑道：「赫曼陛下退位後，變窮困了呀！」

伯爵道：「是的，大公爵在位時是被法國軍隊逐出去的。」

羅蘋又往下讀道：

「一八〇九年星期二，昨夜拿破崙皇帝宿在城內，我給他舖床。一八一四年十月二十八日，陛下回國了。同月二十九日，我和陛下同往藏物的秘所，幸而沒有人瞧見，這麼看來，我們這次的辛苦……」

羅蘋讀到這裡，不敢讀下去了，忽然雪珠從伯爵手裡掙脫，一手搶去了那本書，飛奔出去。

羅蘋急道：「完了，各位快去捉住他，我從走廊裡下去。」

但雪珠已將走廊的門關上了，又加了門，羅蘋只得和眾人找尋別的樓梯，忽然一陣呼喚，趕過去瞧看。見呼喚的是一個軍官的夫人，她認為雪珠一定躲在她的宅內，羅蘋忙問：「何以見得？」

她道：「我正想回屋裡去，門關著，也推不開。」

羅蘋過去一試，果然上著門，便道：「不妨從窗子進去吧！」於是繞到旁邊，借著伯爵的佩刀，打破了窗上的玻璃，又踏上兩個部下的肩胛攀登上去，從玻璃洞中伸手進去開了窗，跳進室內，見雪珠正坐在火爐前，全身已被火焰包圍了。

「糟了！」羅蘋急忙救出雪珠，用地毯撲滅了火源，抽出書來，可惜書已變成一片片的灰燼了。

伯爵道：「這麼看，這女孩子是裝瘋囉？」

羅蘋道：「不，她祖父傳給她時，曾鄭重囑咐過她，說這是寶貝，不能給人瞧，因此她的腦中認為與其把寶物給人瞧去，倒不如燒掉好。」

伯爵道：「這樣一來，那秘藏之所又找不到了呀！」

羅蘋道：「請放心，伯爵，你且信任我。」

伯爵道：「但是明天十二點鐘以前就要成功呀！」

羅蘋道：「今夜十二點就行了，不過我已餓極了。」

於是在軍官們的餐室中用了飯，伯爵回去報告皇帝了。

二十八　密寶出現

二十分鐘後，伯爵回來了。

過了一點鐘，伯爵已有睡意，喝著白蘭地想驅走睡魔。

羅蘋要了一杯咖啡，喝了一口道：「這咖啡太難喝了。」

十分鐘過去了，皇帝來了，問道：「事情進行的怎樣了？」

羅蘋道：「不久便能使陛下滿意。」說完，身體便一陣發軟地坐了下去。

皇帝轉而和伯爵密談了一陣，又回到羅蘋身旁問道：「一切都預備妥了嗎？」

羅蘋不答，頭垂到胸口。

伯爵怒道：「睡著了嗎？」說時，用力搖他的肩頭，羅蘋的身子竟從椅子裡滑到地上，接著挺了幾下便不動了。

皇帝急道：「死了嗎？不會吧！」

只見羅蘋的面色如同紙一般的白，於是命伯爵摸他的心房，見還活著，便道：「趕快去請醫生！」

等到醫生趕來時，羅蘋已沒了氣息，將羅蘋放到床上，診視了一回，又問了幾句話，忽然瞥見桌上的杯子，問道：「這是什麼？」

答道：「咖啡。」

「你喝的嗎？」

「不是，他喝的。」

醫生便把杯裡的餘瀝倒在手裡嚐嚐，說道：「果然不錯，是麻醉劑。」

皇帝怒道：「是誰給他喝的？」過了一會兒道：「喔，我明白了，正如羅蘋所說，有人闖進城裡來了。」

伯爵道：「但倘有人要闖進我們的警備地區，必定會被發現呀！」

皇帝反駁道：「那這麻醉劑我沒有放，定是你放的了。」

伯爵聽了，大吃一驚，趕忙否認。

皇帝道：「還是趕快搜查要緊。」

於是伯爵勞動了一夜，仍是沒有結果。

羅蘋也昏睡了一夜，這晚醫生沒有離開過他。到了隔天早晨，皇帝派人來探問，醫生報告了情形，到九點鐘，羅蘋稍稍甦醒了些，掙扎著想起來，含糊問道：「什麼時候了？」

答道：「九點三十五分。」

他有氣無力的又睡了過去，直到鐘鳴十下時，他苦著臉道：「快抬我到那邊殿上去。」

伯爵得了皇帝的允許，把他抬到樓上。

他又道：「到走廊盡頭的最末一間去。」原來這便是十二間中的最後一間。

後來皇帝來了，羅蘋也更清醒了些，舉目向四周看了看，問道：「我是喝下麻醉劑了嗎？」

醫生道：「是的。」

皇帝道：「這不是『美納白』（按美納白是司才藝的羅馬女神）室嗎？」

伯爵道：「正是。」

皇帝又道：「那邊又是什麼？」

伯爵見那邊壁上裝著一具大鐘，陳舊的鐘頭上刻著一個Z字，鐘的結構很是精細，那兩個大錘已垂在繩上，停止活動了。

羅蘋又問：「到十二點還有多少時候？」

答道：「四十分。」

羅蘋急道：「四十分嗎？我那清楚的頭腦怎會失去呢？唉，只差一點了，只消這一點一打破，便什麼都辨得到了，唉……」

這時在場諸人都聽得他口中在不住地喊著：「8·1·3……8·1·3……太奇了。」

這時已十一點半了，一會兒，十一點過三刻，這時皇帝已決心中止這次的計畫，把羅蘋送回監獄去。

十二點，鐘聲噹噹噹的響著，皇帝正想下命令時，忽見羅蘋大叫道：「伯爵，快去拉這大鐘的錘。」

伯爵躊躇著沒有前進，皇帝催道：「就依他吧！」

羅蘋道：「這是舊鐘的開法，對呀，再拉，一次，二次……」

果然大鐘的鐘擺活動了，有節次的聲音傳入眾人的耳鼓裡。

羅蘋又道：「把長針短針一起撥到十二點。」說完，站在鐘的前面，細細地看了一會兒，道：「對了，一定是的。伯爵，請把長針一點二點的撥……再撥到十二點。」

伯爵遵命做了，撥到十一點五十八分時，羅蘋道：「請你先用右手的食指按一下一點鐘羅馬字的圖座，不是很鬆嗎？再把姆指按三點鐘，另一手再按那八點鐘，對了。」

於是大鐘又敲了十二下，鐘聲響遍了整個古城，等到十二下打完，那古鐘的錘也停止擺動了，接著鐘頂上一個青銅的人頭形裝飾品掉了下來，露出一個鏤空的小洞來，裡面藏了一只小小的雕花箱子。

羅蘋走過去取了出來，呈給皇帝道：「請陛下自己打開，您要我交給你的信件，就在這裡面了。」

皇帝打開箱蓋一看，不覺面無人色，整個人呆怔住了。

「這……這這……這是空的呀！」

二十九 又一個犧牲者

羅蘋驚出一身冷汗，忙把箱子反覆地看著，想找尋夾層，但箱子卻是空的，於是恨恨地把箱子摔在地上，用力把它踏破，才算出了這口氣。

皇帝道：「這是誰幹的？」

羅蘋道：「就是他！那殺死卡世白的凶手，他和我看準了同一個目標了。」

皇帝不解地道：「是什麼時候幹的呢？」

羅蘋恨恨地道：「昨天午夜，唉，陛下，都是你的不是，倘我一出獄便給我自由，便不會耽誤時機，可以占得優先權了。」

皇帝恍然道：「那麼這秘密是從日記裡面瞧得的了。」

羅蘋道：「可以這麼說，他有充裕的時間去讀日記，這裡的消息又有人暗中在報告他，昨天不是給我吃麻醉劑的嗎？」

皇帝道：「但這裡防守得很嚴密，我總不相信他能做得到。」

羅蘋道：「守備隊怎麼能和他相比，況且伯爵只注意外城，城內的兵士薄弱得很，我能給你試驗，陛下試檢查你的部下，或是注意他們中的幾個，一年中消耗如何，你能發現有幾個部下的身邊，必有好幾個人的口袋裡有很多的鈔票。並且還是法蘭西的國幣呢！」

這時皇帝對外面一個軍官吩咐道：「預備汽車，要出發了。」又對伯爵道：「你也得走了，得在今夜趕到巴黎不可。」

羅蘋道：「難道陛下只受一次挫折，便沒有勇氣再堅持下去，甘心做一個垂頭喪氣的敗將嗎？我們既已開了戰，總得戰到最後，我自信能夠得到最後的勝利。」

皇帝道：「你不要太自信，如果他殺了你，你該怎麼辦？」

羅蘋道：「殺死我是辦不到的，我能夠除去他的假面具，能夠把秘密信件奉呈給陛下。」

皇帝道：「你怎麼知道信件是昨夜被盜去的呢？」

羅蘋指著藏信的空盒內面道：「請瞧，這裡不是明寫著八月二十四日深夜八個字嗎？」

皇帝驚奇地瞧了一下，又道：「那麼這裡一個大N字是什麼意思呢？這室名不是叫美納白嗎？」

羅蘋道：「這個房間是從前拿破崙當過臥室的，在我讀那日記的時候，我想到一件事，現在才知道福爾摩斯和我都走了一條路，那大公爵赫曼三世去世的時候，寫下的PRO三個字母，並不是雪珠寫的亞不龍，而是拿破崙將死時，因手腕沒有力氣，所以除了PRO三個字以外，其餘的都看不清楚了。」

皇帝道：「這麼斷定或許不錯，但8・1・3那三個數字呢？」

羅蘋道：「這三個數字的確讓我苦惱許久，起先我以為這三個數字的和是十二，是指這走廊裡的第十二間，但後來見了這拿破崙室內的大鐘，被我發現當大鐘打的時候，一點鐘，三點鐘和八點鐘三個數字的圓座在微微地動著，所以伯爵在鐘打的時候，把圓座一按，機內的彈簧就鬆動了，這麼一來，那神秘不可測的三個數字和三個字母不是都明白了嗎？」

皇帝正想吩咐什麼，便喚著伯爵，忽聽得走廊口有異常的呼聲，伯爵回來道：「那瘋女雪珠要闖進來，門口的軍官們不許她進來，吵鬧起來。」

羅蘋忙道：「她嗎？陛下，應該讓雪珠進來的。」

皇帝便命令出去，不一會，有人陪她進來，只見她臉色如蠟一般白，並且露著非常痛苦的神色，雙手按在胸口，連連地喘著氣，羅蘋見了也大驚失色，皇帝急問：

「這是怎麼一回事？」

羅蘋道：「快請醫生……雪珠，妳瞧見了什麼？妳瞧見了那人嗎？他是誰？在哪裡……」說時突然想到一回事，便在白壁上寫下ＭＬ二字問道：「妳明白嗎？倘若知道的話，不妨說出來吧！」

雪珠似乎會意，大叫一聲倒在地上，頃刻間，身子便不再動彈了。

皇帝道：「死了嗎？」

羅蘋道：「正是，是中毒而死。」

皇帝嘆道：「可憐呀，但是誰幹下的呢？」

羅蘋道：「也是那個惡徒，這女孩知道他是誰，他恐怕被她洩漏出來，所以結束了她的生命。」

這時醫生已到，皇帝便把女孩指給他看，又吩咐伯爵立刻召集守備隊，嚴搜城內，立刻發電報給國內各火車站。吩咐完畢，對羅蘋道：「你去拿回信件要費多少時日？」

羅蘋道：「多則二月，少則一月。」

皇帝道：「好，我把翁特留在這裡做我的代表，你有什麼事，儘管跟他說。」

羅蘋道：「但須先恢復我的自由。」

皇帝立即令道：「你已自由了。」

三十　亞列特男爵的真實姓名

在這裡又要提起這卡世白夫人。

她自從出了伽而司村，便借住在歐里亞旅館裡，她本就是單薄的身體，經過這次重大的打擊，更加瘦弱了。

一天，僕人進來道：「夫人，有客求見。」說時呈上一張名片。

夫人見了道：「亞里沙，這人我素不相識啊。」

僕人道：「他說夫人正在等候他。」

夫人聞言道：「哦，是他也未可知，那麼請他進來吧！」

不一會兒，僕人引進一個人來，瞧去是個很瀟灑的少年，衣服雖不入時，但很整潔樸素，夫人問道：「您是亞里沙嗎？」

那人道：「正是。」

夫人道：「但我們並不相識。」

那人道：「夫人，恕我失禮，夫人不是寫信給伽而司村羅伊的祖母嗎？因我和黑西夫人熟悉，妳才叫他來約我，說有事要商量，我今天是特地來拜訪的。」

夫人驚道：「是你嗎？」

客人道：「是的，我不像蘋羅薩公爵了嗎？」

夫人道：「不像，真的完全改變了，額頭，眼睛都不像。」

羅蘋道：「夫人，您有什麼事呢？」

夫人道：「你可曾聽過羅伊嗎？」

羅蘋道：「沒有，在老夫人那邊，只得知了你要請我。」

夫人道：「是的，公爵，我害怕極了，這幾天，又有惡徒在巡視我了，曾有幾次窺視過我的住宅，其中有一個身材高大，體魄強壯，穿著黑外衣，鬍鬚剃得很光，打扮像咖啡店裡的侍者，我叫僕人去跟蹤他，見他走入風局街的一家屋子裡去，街的左面有一家酒店。」

羅蘋聽後，道：「那麼這麼辦吧！我派兩個人來，暫且住在你的樓上，你看可好？」

夫人道：「是怎樣的兩個人？」

羅蘋道：「他倆都是我的部下，你儘可放心，一個是老人，叫塞亞馬，一個便是他的兒子……」他希望夫人叫他也來，但夫人卻沒有開口，於是道：「自然我還是不來的好……」

他很想多說些，體貼地安慰她一番，但總覺得有些無禮，便辭別夫人，剛走到門口時，聽得門外有人在按電鈴，一看，便叫道：「羅伊。」

羅伊看見這個像畫家的青年，不禁躊躇起來，這時外面下著細雨，羅伊把手裡的傘交給僕人，自己逕自到屋裡去了。

羅蘋怏怏地走到街上，一個少年從他身旁擦過，他便拍了拍他的肩頭道：「慢慢地走呀！」

那少年正從木耶培街上走來，向黑角街那邊去，經人一拍，對羅蘋呆看了一下，問道：「你是哪一位？」

羅蘋道：「呂亞賽君！你難道忘了旭明旅館中的一幕了嗎？」

少年驚得跳起來道：「是你嗎？亞森・羅蘋？」

羅蘋道：「正是，你難道以為羅蘋已經死了嗎？詩人先生，你現在還沒有到這時間，儘管去吟詩吧！扮演你角色的時候快到了，不過這齣戲很難扮，我若一日在世，定要教你這角色，哈哈！」說完一腳跨開，飛也似的去了。

到了風局街，找到了卡世白夫人說的那家酒店，和店主談了話，又走出來乘了公車回去。

在一家叫做「古拉特」的旅店裡，羅蘋用亞里沙的名字租下一間房間，他回到店裡，紫齊西兄弟已等在那裡，他從他倆的口裡得到他出獄後社會大眾的議論，立刻口述一篇文稿，叫大紫齊西錄下來，投寄巴黎民報，文為：

巴黎民報編輯先生座前：

我先對貴報的讀者們道歉，實在我也是沒法想呀，列位的性急，當然是難怪的。如今我已出獄了，關於出獄的方法，我卻不能說出來，那大秘密我也已經發現，對秘密信件的內容，恕我不能公開發表，總之這事在法蘭西的歷史上，也是光榮的一頁，定能使後代的國民引起莫大的興奮。

話不必多說，現在我有一事相告，就是偉佩氏，我可要把他革職了，因為我幾年來費盡心機做成的各種事業，現在被他鬧得一敗塗地，還有卡氏一案到現在，絲毫沒有得到一些進展，這種種的理由，就是我要革職偉佩的原因，那曾由我能特氏獲得莫大名譽的那把刑事科長交椅，如今仍得由我來坐了。

刑事科長　亞森・羅蘋

當天晚上，羅蘋穿了晚禮服，裝成一個藝術家的模樣，與小紫齊西一起走進愛因餐館，撿了一根大柱後面的一個座位坐下。

羅蘋吩咐侍者送上幾樣奢華的食物，填飽了肚子，又高聲叫那侍者，吩咐拿雪茄來，侍者去拿來，羅蘋取了一支，切去菸頭，侍者替他點上火，正想走開，卻被羅蘋一把拖住，喝道：「不許出聲，我知道你原名叫做冬米納，是嗎？」

侍者雖是強力的人，卻掙不脫羅蘋的手，羅蘋道：「你這奴才，你不是在亞列特男爵處靠著勞動過活的嗎？我認識你。」

侍者瞧了瞧他的面孔，問道：「你是誰？」

羅蘋道：「好傢伙，你難道忘了嗎？在楓樂園三十九號裡，你把糖果盆遞給了某個人？」

侍者驚道：「你……是公爵嗎？」

羅蘋道：「不錯，我再讓你更吃驚吧，公爵蘋羅薩便是亞森・羅蘋，你且瞧我的名片，刑事科長亞森・羅蘋，我現在再度成為警官，對一切惡人都要取締。」

侍者聽得呆住了，羅蘋道：「那邊的客人在叫喚了，你且去做完事情再來。」

侍者答應著去了，一會兒又戰戰兢兢的回來，裝做服務的樣子。

羅蘋取出幾百元鈔票，放在桌上道：「你且聽著，我問你一句，你老實回答，我便給你一張鈔票，現在我問你，亞列特家裡共有幾個人？」

冬米納道：「連我只有八個，其餘的不過是些開掘伽而司村通道的義大利工人罷了。」

羅蘋又問：「那通道共有二條嗎？」

冬米納道：「是的，一條通芬蘭廬舍和新月廬舍，一條是中間的分道，通往卡世白夫人家中的地板下。」

「有什麼目的？」

「預備劫走卡世白夫人。」

羅蘋道：「卡世白夫人的兩個侍女得珠和茜珠，也是你們的同黨嗎？」

「是的，現在她們都到外國去了。」

「你那七個同黨巢穴在哪裡？」

冬米納不答，羅蘋便取出兩張五百元的鈔票說道：「只要這一句答了，便能得到一千元。」

侍者道：「尼亞街五號，一個木工叫乾耳的……」

羅蘋道：「夠了，尼亞街五號，現在我要問你亞列特的本名了。」

冬米納道：「康道旦。」

羅蘋道：「這是假名。」

「哈路彼。」

羅蘋罵道：「混蛋，這也是假名，我要問真名。」

冬米納不語，羅蘋又加了一千元。

侍者道：「我們的領班不是死了嗎？」

羅蘋催道：「快說他的真名。」

冬米納這才道：「麥爾格沙鳴。」

羅蘋跳起來道：「什麼？你說什麼？再說一遍！」

冬米納道：「麥爾格沙鳴。」

羅蘋想到古城中被毒死的瘋女雪珠她的先祖，便是那寫日記的人，就叫麥爾格沙古，不錯，沙古與沙鳴，便又問道：「這麥爾格是哪一國人？」

冬米納道：「血統是法蘭西人，但亞列特是生在德國。」

羅蘋想了想道：「他能指揮你們這些人嗎？」

答道：「是的。」

羅蘋道：「還有一個同黨叫什麼？」

侍者一聽，臉上立刻變了，道：「這人卻不能說了，我勸你對這人的事一切都中止了吧！」

羅蘋道：「我最要緊的事，便是知道他這個人，他到底是怎樣的人？」

答道：「誰都不能知道他是何許人。」

羅蘋道：「但你總碰得見他呀！」

侍者搖頭道：「他總是在夜間見我們，白天從不出現，有命令時，用紙片傳出來或者是用電話。」

羅蘋道：「他叫什麼名字呢？」

侍者道：「誰也不知道他的名字，也不敢談論他，倘一談論他，便有很大的不利。」

羅蘋道：「他常穿黑衣服嗎？」

笑道：「是的，他身材瘦小，頭髮卻長得很好。」

「他會殺人嗎？」

「會，而且手段很高。」讀到這裡，他停了停，哀求道：「先生，請不要再問了吧！」

這時羅蘋的一股剛強之氣卻被他的哀求鎮住了，他站起來道：「冬米納，你把這些錢收下吧，如果你愛惜你的生命，我們今晚的談話，不可說給任何人聽，切記。」

說完便帶著小紫齊西出了館子，走入附近的小公園，把剛才的話思索了一回，對小紫齊西道：「你且聽我的命令，現在趕到加爾多火車站，搭乘往魯克琴堡的特快車，到泰伊巴根海屯大公園的首都海屯市去，在那邊市政府裡，把麥爾格沙鳴的戶籍抄本弄到手，再把這人的事詳細地探問一下，你可在後天星期六回來。」

小紫齊西道：「我還得向署中請假哩！」

羅蘋道：「這個由我打電話替你請病假吧！我們先約在星期六上午十二點鐘會面，地點在尼亞街的一家咖啡館裡，店名叫做哈霍！」

翌日，亞森・羅蘋全身改扮，走進尼亞街五號，預備探些線索。進了門，裡面是一個大天井，有一排工人們住的屋子。他便略施小技，和管門婦在數分鐘內混熟了，足足談了一小時，見有三個很怪的男子老是在進出著。

羅蘋暗想這定是他們的黨羽，於是著手偵查。被他探知亞列特的七個黨羽都住在這屋子裡，七人中，四個是賣買舊衣服的，兩個是報販，一個是木商，所以叫做木工乾耳，他們裝做互不認識的樣子。

到了晚上，羅蘋發現他們密會的場所是在院落的最後面，一所馬棚裡放滿了木工乾耳的舊銅鐵等物件，連帶把那贓物也放在裡面。

到了星期六，將近正午時，羅蘋便趕往哈霍咖啡館赴約。一到裡面，忽然有人走到他身旁說道：「首領，我去過了。」

羅蘋一看，喜道：「紫齊西，有勞你了，事情怎樣了，快說。」

紫齊西道：「亞列特的父親和母親都死在外國，生下三個小孩。大的今年約三十歲，叫做麥爾格沙嗚，最小的叫雪珠，戶籍簿上註明死亡。」

羅蘋點頭道：「不錯，我早知雪珠是亞列特的妹妹，因為她和他的面貌十分相像，那中間的一個呢？」

紫齊西道：「是男的，今年二十六歲，叫做麥爾格林亞。」

羅蘋驚道：「麥爾格林亞？哦，不錯了，那殺人犯的姓名縮寫是ＭＬ，原來他的真名叫麥爾格林亞！嘿，這人心也太狠，他深恐兄妹洩露他的秘密，便一起結束了他們。」

紫齊西不解道：「他怕妹妹什麼？雪珠不是個瘋女嗎？」

羅蘋道：「不錯，她雖瘋了，但腦中總還留下些幼時的情節，只要再度演出，她一見便能知道，麥爾格林亞毒死她也正為此……」

兩人正在說話時，忽見有一個男子走進店來，揀了一張小桌坐下，點了幾樣菜，雙手撐在桌上，瞧那石像似的臉，真是冷得無可言喻。

剛好走過一個侍者來，羅蘋便攔住他問道：「那邊桌子用膳的是誰？」

侍者道：「他是一個老主顧，每星期總會來兩三次。」

「他叫什麼？」

「莫卡・林特。」

羅蘋吃了一驚，這莫卡・林特的縮寫不也是ML嗎？麥爾格林亞和莫卡・林特難道是一個人嗎？

他道：「紫齊西，我們走吧！」

於是兩人到外面，羅蘋道：「我們須得預備好好地幹一下子才是，首先是不要失去了他們的住所。」

紫齊西道：「我們先分開吧，那傢伙已在注意我們了。」

羅蘋道：「他在注意我們了嗎？我還當他不會發覺呢。」

兩人見莫卡・林特獨自一人走出餐館來，他點上一支雪茄，安閒地踱著散步，只見他從收通行稅的後門入，卻在另一條街上出現，走到尼亞街中。

羅蘋以為他會走入第五號去，可是他又更改了方向，走到塔拉街，那邊靠近公眾球場處，有一間別墅式的房屋，莫卡・林特走到這屋子門前，取出鎖匙，開門進去。

羅蘋留心地跟去，觀察了一陣，立刻覺得這宅子正和前天偵察過的木工住宅緊貼著，別墅裡也有一座馬車小棚，並且和隔壁木工乾耳那間堆滿雜物的馬棚背對背建築著。莫卡・林特想來常常在和那邊的七人相會，定是亞列特的同黨無疑了，並且一定是這七個同黨的首領，這兩間馬車小棚，不用說是雙方互相聯絡的通路了。

三十一　妙計敗群賊

羅蘋更竭力注意這個莫卡・林特了。

紫齊西從鄰居口中探知這人性格非常怪僻。自從他移居這所別墅後，幾個月來，沒有一個人來拜訪過他，他也不雇用什麼下人，窗子總是開著，可是總沒有燈光，每天黃昏時候，他便悄悄地出門，非到深夜不回來，甚至到天明才回來。

羅蘋和紫齊西第二次相見時，便道：「這人到底過著什麼樣的生活？你知道嗎？」

紫齊西道：「這人很是怪異，有時五六天不看見他，總以為到那裡去了，誰知他竟坐在家中。你看奇不奇怪？」

羅蘋道：「那麼我來偵察吧！」

誰知羅蘋勞碌了一星期，一點也沒有進展，只探得一件怪事，就是羅蘋每次跟蹤那人時，那人依著一定的步伐，頭也不回地在前面走著，可是一到人群中便無影無蹤了。這使羅蘋沒有一次不驚呆的。

一天，羅蘋正在守視莫卡・林特的住宅，忽然紫齊西趕來道：「快信。」

羅蘋一看，乃是卡世白夫人給他的，請他快去保護她，因為她的臥室窗下又發現兩個惡徒，並且聽到「此法很好，今夜下手吧！」等幾句話，夫人跟下去看時，見後面的百葉窗已經開了，似乎是從外面撬開的。

羅蘋道：「到底敵人先開戰了。」說完藏好書信，又道：「倒也有趣，我每晚監視著莫卡・林特也覺得太枯燥了，紫齊西，你快帶十個朋友趕往夫人的住宅去，那邊有塞亞馬父子在著，可以一同準備，十一點半時，再到市盡頭來會我吧！」說完又吩咐了些策略。

紫齊西去後，尼亞街和塔拉街已無人跡，莫卡・林特卻仍不見回來。羅蘋便決定去搜查他的屋子，一看四下無人，便跳過短短石牆，走進屋子去，本想先去查莫卡・林特從古城得來的秘密信件，後來轉念一想，倒不如先去看那馬車棚比較重要，於是走到棚前，見門開著，進去一看，空洞洞一無所有，壁上也沒有想像中一樣有門戶。

他再繞到外面，見有一架梯子通著上面的閣樓，走上去，見閣樓中是些破舊什物，靠裡面有個出入口，通過這裡，便是一層板壁，有一黃瓜棚靠著，試把瓜棚搖動時，忽見板壁上有一塊木板向旁邊移動，現出一個嵌玻璃的小窗來，便用手電筒照過去，見那邊又是一間小馬車房，不用說，這便是尼亞街五號中的馬棚了呀！心想原來莫卡・林特還常在暗察黨人的行動呢！

這時正想熄燈回去，忽見那面車棚的門開了，木工乾耳手拿著火油燈進來，他取出兩把手槍，查看著槍口和扳機，叫道：「朋友們，進來。」

於是外面依次走進四個人，乾耳道：「齊了，冬雪和戴密首已在那邊，不必顧他們了，你們把傢伙預備好了嗎？今夜的目的，是要去劫走卡世白夫人。」

一人道：「那亞森・羅蘋的兩個部下怎麼辦？」

乾耳道：「怕什麼，他們只有兩個人，我們有七個，他們敢抵抗嗎？」

一人問道：「寡婦要怎樣處理？」

乾耳道：「先把她綁好，口裡塞了東西，擒到這裡，聽候首領的命令。」

那人道：「酬勞如何？」

乾耳道：「分取寡婦的珠寶。」

那人道：「我問的是現金的酬勞。」

乾耳道：「每人先給三百，事後再加三倍。如果捉到亞森・羅蘋就給三千。」

說完一同出去，又聽得乾耳的聲音說道：「衝進去時，七人分做三排，口笛一吹，便一齊擁進去。」

羅蘋趕忙跳上汽車，吩咐開往黑角街。到了那邊，趕往約定的街角上，卻不見紫齊西的影蹤，等到十二點三十分，還是不見到來，心中焦急起來，於是走到暗處，見有兩個男子，心裡罵道：「這兩個是敵人的先鋒冬雪和戴密首嗎？太討厭了，我還是等一下吧！」

正在觀望時，忽聽得一聲口笛，像是從卡世白夫人住宅對面的地方發出來的，羅蘋急忙跳上露台，從小門中進去，那班人似乎已闖入庭園，他走上樓去，到夫人的臥室前，也不叩門，一腳溜了進去，見夫人正嚇得不能動彈，躺倒在長椅裡，他便走上前去，用親切的口吻說道：「夫人，塞亞馬父子呢？」

夫人道：「他們出去了呀！」

羅蘋奇道：「他們到那裡去了？」

夫人訝道：「什麼，他是得了你的信出去的呀！」說時取出一封信來道：「這信是一小時前收到的。」

羅蘋接來看道：「……現在需用塞亞馬父子二人，命他們到古拉特旅館來，妳不必擔心……」

羅蘋嚷道：「糟了，那麼妳的下人呢？」

夫人道：「也出外了。」

羅蘋從窗口探出頭去一望，見天井裡已有三人進來了，再向那石砌路上一瞧，也站著兩個人，不禁膽寒起來。

這時羅蘋決定發揮手段，他把臨街的窗戶半開，拿了手槍伸出去，他只要把扳機一扣，左右鄰舍便會聞聲趕來，這麼一鬧，那班惡徒必定會逃走，繼而一想，又不太妥，因為這麼一來，會被人恥笑亞森・羅蘋膽怯呼救，那可是有損名譽的。

於是他回到室內，聽見樓下已有吵鬧聲了，仔細一聽，是樓梯下的門鎖正被撬開，夫人在嗚嗚地哭泣，他趕去抱住她，安撫道：「別怕，只要我在一日，便會保護妳一日，妳儘管放心吧！」

夫人道：「你別出去，你會被他們害死的！你只有一個人呀！」

羅蘋竭力地安慰著她，但夫人到底是個纖弱的女子，經不起重嚇，昏了過去。羅蘋湊近她，在她絕美的髮上親熱地吻了幾下。

他走到隔室，開亮電燈，又拿起屏風把夫人躺過的長椅遮住，又巧妙地把幾件衣服堆在椅子上，裝成有人躺著的樣子，做完後迅速地旋開門鎖，拔去門閂，一群惡徒如潮水般湧了進來，突見大敵亞森・羅蘋立在面前，嚇得人人倒退。

羅蘋挺身立著，手裡拿著鈔票，分做七份，夾在指間，說道：「你們捉到亞森・羅蘋不是每人賞三千元嗎？現在我給你們兩倍的數目。」說時，把七份鈔票放在各人拿得到的地方。

木工乾耳道：「混蛋，你要拖延我們的時間嗎？弟兄們快開槍！」說著便舉起手槍。可是其他的同黨都拉住了他。

羅蘋說道：「我給你們鈔票，並不是要破壞你們的事，你們的來意，第一要劫走卡世白夫人，第二是取夫人的珠寶，計畫不能算小，我且瞧你們幹吧！」

乾耳問道：「你到底在做什麼？」

羅蘋道：「你們收了我的鈔票，不就是我的同黨了嗎？乾耳，現在我們可以開始共同工作，先劫去這寡婦，然後搶去她的珠寶。你們可知道那珠寶的地方嗎？」

乾耳道：「這個不用你費心，我們只要搜尋便得了。」

羅蘋道：「你預備找到明天嗎？我早就知道了。」

乾耳道：「你既知道藏珠寶的地方，為什麼不獨自去取得呢？」

「我一人可辦不到，因為取法很難呀！」羅蘋略拉開屏風，說道：「夫人現正昏倒在那裡，不過我在未分到珠寶前，絕不會把夫人交出來。」

乾耳似乎不大願意，羅蘋道：「你們如果不願意，隨你們怎樣好了，我的本領，你們當然不會不知道的。」

黨徒們商量了一陣，乾耳道：「好的。」

羅蘋道：「東西就在這火爐下面，要拿到下面的東西，非搬開這些大理石、火爐架、穿衣鏡等，費力得很。」

乾耳道：「我們很敏捷的，你瞧著吧！」於是他們立刻動起手來，兩人移去一面大穿衣鏡，四個人移動著火爐，乾耳自己卻趴在地上，注視著爐下。

這時羅蘋卻笑容可掬地站在他們後面，摸出兩柄手槍，只聽得「砰」然兩響，兩個跌倒了，又是兩響，立刻又跌倒了一雙。

乾耳也舉起手槍罵道：「畜生。」

羅蘋喝道：「快放下你的手槍，否則就結果你！喂，你們兩個去奪下他的玩具，否則就打死你。」於是另外兩個黨徒過去奪下乾耳的手槍。

羅蘋又道：「拿你們的皮帶把他的手腳綑綁好。」

那二人又遵命照做。羅蘋不聲不響地過去用手槍柄在兩人後腦上重重地各擊了一下，兩人應聲昏倒在地上。

羅蘋笑道：「乾耳首領，你瞧亞森・羅蘋的手段如何？」

乾耳恨恨地瞪著眼，不發一言。

羅蘋過去開了隔室的門，忽然驚呼一聲道：「啊，這是怎麼一回事？」

原來室中已失去夫人的影蹤了，他急走到窗口一看，見擱著一架長梯，恨道：

「這又是麥爾格林亞所做的了，可惡！」

羅蘋定了定神，心知卡世白夫人一時不會有什麼危險，所以並不驚慌，但心中已怒不可遏，回到七個惡徒身旁，用力踢那幾個受傷的黨徒，還覺得氣出得不夠，便找來繩子，把幾人一一綑了手腳，又出去在暗中喊了汽車來，把七個惡黨分裝兩輛車子，吩咐司機道：「到刑事科去。」

車到刑事科，命司機在外面等候，他先進去，有幾個值夜的巡警在，羅蘋道：「偉佩先生在嗎？」

「在裡面，你要見他嗎？」

羅蘋道：「是的，但我還有事要做，我留個字條吧！」於是寫道：

偉佩君：我送來惡黨七人，他們殺了許多人，也是謀害能特和哥培警佐的人。有一件事實在很可惜，就是他們的同黨仍被他逃了去，不過離捕獲的日子不遠了，請你幫助我，首領的假名叫做莫卡・林特，住在塔拉街。

刑事科長亞森・羅蘋

羅蘋寫完信，囑咐道：「請把信交給偉佩先生，這事非常重大，現在你們隨我到外面去瞧那七個同黨吧！」

他們走到停車處，又碰見一位警佐，羅蘋道：「芝加馬警佐，這是亞列特的餘黨，都被我拿住了。」

芝加馬問道：「在哪裡捉到的？」

「他們劫走卡世白夫人，還打算竊取珠寶，被我拿住，將來有機會時，再把詳細的情形告訴你吧！」

羅蘋說完，便一溜菸出去了。

他走到尼亞街五號，門上的鎖匙已由乾耳身上得來，他開門進去，到了馬棚，用電筒一照，見一張陳舊的長椅裡放著長長黑黑的一個東西，正是卡世白夫人。

她口裡塞著東西，身上包了絨毯，羅蘋急忙去救她下來。

「惡徒是從那邊去的，你快追上去吧！」夫人催道。

羅蘋繞到小屋後，果見放著一架梯子，走了上去，立刻到了莫卡•林特暗中窺探同黨的那扇窗前，他便潛入閣樓，到天井，再到別墅的後面。

說也奇怪，羅蘋這次來，原預備要決一死戰了，誰知他一握門上的絞柄，卻連鎖也沒有下。他穿過廳堂，走上樓去，到了梯頂，舉目一看，見有兩處門可通，他看定中間的那扇門，一旋握柄，很容易的開了。

他走進去，室內並無燈火，從射進來的月光中，見床帳旁邊站著一個人，羅蘋用電筒一照，見麥爾格林亞灰白著臉，一動不動地立在那裡。

羅蘋一步步地向前走去，他卻一動也沒有動，羅蘋和他的距離一步一步更近了，那人仍是沒有動靜，於是上前一步，慢慢地伸出兩手，看那人可會抵抗，不料那人仍是動也不動，連眼睛也不眨一眨。

羅蘋把那人按倒在床上，把他的身子用毯子緊緊地裹住，說也奇怪，那人竟連哼都不哼一個。

這時門外有了重重的敲門聲，羅蘋便走到窗口道：「偉佩君嗎？你來援助我了嗎？好極了，你打破了門進來吧！」

說完急急地在那人身上搜了一下，取出日記簿，再在抽屜裡拿出一疊紙來，一張張地瞧，果然那是約期呈交皇帝的秘密信件，被他找到了。

於是他取出信件，再回到窗口道：「偉佩君，我的事已經完畢，你進來吧，縛在床上的，便是那殺死卡世白氏的凶手，再會吧！」說完便通過馬棚小屋的閣樓，到卡世白夫人那邊去了。

在一處廣大的露台上，有一個少年正在作詩吟誦，忽然後面有人拍著他的肩頭道：「妙極，的確是名家詩人。」

少年回頭訝道：「是你嗎？」

「正是，亞森・羅蘋來會他的知友親王呂亞賽了。」

少年支吾道：「已到成熟的時期了嗎？」

羅蘋道：「正是快到了，在最近的將來，你便可以大博一般人的羨慕了。」

少年跳起來道：「倘我拒絕這個角色呢？」

羅蘋喝道：「什麼話？」

少年道：「我且問你，我為什麼要服從你的命令做那無恥的事呢？」

羅蘋用力推他坐下，道：「我且告訴你，你不是真正的親王呂亞賽，實際上你是窮詩人霍得里，不過在你自殺的時候有人來搭救你，才叫你扮成這個角色的呀！如果我拿了證據去，說真的呂亞賽已經吊死，你是假扮的呂亞賽，那時候，你才知道法律的滋味如何呢！」

少年躊躇了一會兒，說道：「你說的事，倘我認為有價值去做的，那麼我一定幹的。」

羅蘋聽說，便脫下帽子，向他行了個最敬禮，說道：「赫曼四世殿下，泰伊巴根海屯大公爵，白侖斯特公爵，鄙人為了要博殿下的歡心，所以把這些話告訴你。」

三天後，亞森・羅蘋帶了卡世白夫人雅莉，乘車直向德境趕去。

這天傍晚，到了一個古樹圍繞的堡中，在那裡，夫人碰見了羅伊。據說羅伊也是最近由亞森・羅蘋帶她來的，這裡她已雇好下人，等候夫人到來。

羅蘋道：「這裡是布耳根的勃萊堡，你們可以安心地住在這裡，等候案子結束的消息，呂亞賽我已有信寄出，不久也將遷移到這兒來。」

羅蘋把這裡的事辦妥，便出發到古城，從莫卡・林特處劫來的秘密信件交給翁特伯爵道：「我上次對皇帝提出的條件，想必你也知道，第一是復興泰伊巴根海屯大公爵的家鄉，讓赫曼四世來做這大公爵。」

伯爵道：「這事不難，只消舉行攝政會議討論便得了，但是這赫曼殿下……」

羅蘋道：「他現在正用親王呂亞賽的名義逗留在勃萊堡。他的身世和一切都有充足的證據來證明的。」

三十二　重墜疑雲

這天晚上，羅蘋要進行麥爾格林亞和他那同黨的審問，急急地趕到巴黎去。

審問時間到了，法官也覺得萬分奇異，因為像他這樣兩目無光，三分像人七分像鬼的漢子，也會為非作歹嗎？那麥爾格也十分稀奇，法官無論怎樣問他，他總回答一句我叫莫卡・林特。

羅蘋反駁道：「不對，莫卡・林特是你的假名，真的莫卡・林特生在法蘭西赫里華街，已在十歲時死亡，你雖刁滑，但我這裡有他的死亡證明書呀！」

但是罪犯仍是回答：「我叫莫卡・林特。」

羅蘋道：「不，你是麥爾格林亞，是法國一個貴族的子孫，在十八世紀時移到德國來。你有一個哥哥，叫麥爾格沙鳴，並有哈路彼，康道旦，亞列特等幾個假名。你還有一個妹妹，叫雪珠，都被你殺害了，現在存活的，只有你一個人了。」

那罪犯仍是回答：「我叫莫卡・林特。」

羅蘋又道：「你一定是麥爾格林亞，這裡有你的出生證明，還有你哥哥和妹妹的戶籍抄本。」

羅蘋給了裁判所三種證明文件，還有被告所寫的四十多封信，都是關於卡氏案的，其中有挖掘伽而司村通道，和捕捉哥培和能特的幾個命令，這幾件鐵證一出現，使得囚犯無法替自己辯護。

但還有一件難事，就是法官們把那七個同黨叫到麥爾格面前對質，他們都說沒有見到過首領的面貌，所有的命令都由電話傳達，或者用寫好的小紙片在暗中遞送給他們，現在只有四十幾封信件，還有那尼亞街五號的馬棚和別墅中的馬車房相通，可以做為為證據。

現在只須卡世白夫人出庭對質，一切便證實了。可是夫人經幾次的相請出庭，總是不肯到場，最後才答應了。

「是他，他曾在黑角街我的住宅裡，劫我到尼亞街的馬棚裡去。」

法官道：「夫人，不會認錯嗎？」

夫人道：「我敢對神明立誓。」

於是法官把這冒名莫卡・林特的麥爾格林亞宣布了死刑，七個同黨也分別定了罪名。

法官對麥爾格林亞道：「你對這次的判決，可有什麼異議？」

罪犯沒有回答，於是麥爾格的事在此告一段落。

羅蘋自從這件案子解決後，便專心幹另一齣把戲了。他要照顧夫人，又要成就羅伊和親王呂亞賽二人。

奉命往海屯的紫齊西，已報告德國當局和大公國的攝政者進行商議，把那些會累及自己和不利自己的一切證據，在兩星期內一起消滅，再把金錢分給所有的同黨，自己便可以遨遊南美去了。

第二天，他得到由德國來的電報，是他日夜盼望著的，所幸那邊的攝政會議和選舉人會議是德國政府所操縱的，所以一切都很順利地解決了，翁特伯爵帶了貴族海陸軍所派的三位代表，鄭重地趕赴古城，調查這赫曼四世是否為真正的血統。

羅蘋暗喜道：「只要翁特伯爵一信任這親王呂亞賽，便一切成功了。這事也不難辦，明天就把呂亞賽和羅伊的婚事宣布了，再把新娘介紹給伯爵。」

於是他開車到離勃萊堡一英里的地方，下了車，吩咐司機等他二十分鐘，便獨自一人踱往那邊去，到了轉角處，羅伊正姍姍地在外面的石階走著，他心裡暗道：「羅伊殿下呀，時機快要成熟，妳母親和我的約定快要實行了，同時我的大計畫不久也可以成功了。」

說時從草叢裡穿過去，使客房和臥房裡不能瞧見他進去，因為他想在夫人未瞧見自己前，一窺夫人美妙的姿態，他的心跳得更厲害了。

進了門，走過通道，剛進客室時，忽然看見夫人躺在躺椅裡，椅旁跪著一個美貌的少年，滿臉現著喜色，呆看著夫人。

他不由得怒火中燒，原來跪著的不是別人，正是親王呂亞賽呀！

羅蘋瞧見這一幕，心裡十分難過，親王呂亞賽竟愛上了卡世白夫人了。

他見夫人和呂亞賽的目光接觸，正要進入第二階段的時候，閃電似的跳了出去，用力撲倒呂亞賽，道：「畜生，你竟膽敢對夫人發生愛意，敢和你的主人競爭，夫人，你不知道底細便魯莽地愛上了他嗎？你以為他是真的大公爵嗎？他乃是一個乞丐，是我從火坑裡救他出來的，他的大公爵身分是我一手塑造的，他是由我牽著線的一個傀儡呀！」

說時，兩手把呂亞賽高高舉起，從窗口裡擲了出去。

「夫人，我左手握有亞爾薩斯洛林，右手握有海屯大公國，巴登堡邦，巴威邦，總之，德意志西部各小國雖然表面上服從德國，實際上他們都想脫離德國。我便藉這個機會，挑撥他們的叛逆心，又使他們互相離異，我這麼說，夫人該明白我的計畫了。」羅蘋按住夫人的肩頭道：「夫人，這些話並不是我誇口，事實上也許比我的言論更偉大呢，在最近的將來，我能擁有高位，還有一個希望……」

夫人聽了道：「你走吧，我懇求你！」

羅蘋走到門口，卻被一張短椅攔住他的去路，他舉手移開椅子，腳下又觸到了一件東西，拾起一看，大大吃了一驚，原來是一面紫檀小鏡，上面寫著幾個金字：

「麥爾格林亞。」

忙問夫人：「這是誰的東西？怎會到這地方來的？」

夫人道：「我也不明白，這裡從來沒有這件東西，也許是哪一個下人的吧！」

羅蘋道：「真是太奇怪了。」

這時羅伊恰從房裡進來，沒有見到屏風背後的羅蘋，道：「夫人，妳的鏡子找到了嗎？可喜極了，那次妳遺失了，至今大家還很留心地在找尋，讓我去告訴他們吧！」

這時羅蘋的心裡紊亂極了，心想夫人為什麼不承認這東西是為她所有的，為什麼瞞他呢？忽然心裡想到一個念頭，便走到夫人身旁道：「你認識這麥爾格林亞嗎？」

夫人道：「是的。」

羅蘋聽了，急忙追問道：「那妳為什麼不早對我說？妳幾時認識他的？又在什麼地方認識他的，快說。」

夫人被迫不過，只好道：「這是個極大的秘密，我不能對你說，即使是我死了，也得帶入墳墓裡去。這個秘密，除了我，在這整個世界上，我敢確定沒有第二個人知道了。」

羅蘋呆立著，心想那時他催問伊南百老人說出這大秘密時，老人很害怕地不肯說出來，如今夫人竟也這般，那不是很奇怪的嗎？想著，鬱悶地走了出去。

羅蘋到了外面，心裡稍稍鎮定了些，信步走著，一面想道：「這都是我的過失，在進行計畫之前，沒有詳察到幾個主要人物的心理，我並不明白呂亞賽、羅伊、雅莉這幾個人後面竟也有人在操縱，如今便生出障礙來了。」

直到傍晚時分，他才回到勃萊堡裡去進了晚餐。算伺候他的華克達倒楣，聽了他一大堆的罵聲。

他打發了華克達，後來想得了一個結論，一定是麥爾格從獄中逃了出來，恐嚇夫人，那面鏡子定是他以前贈予她的。

想了一陣，便脫衣就寢，忽然看見一個人在暗中走近床前，那人的面目歷歷可辨，全身穿著黑衣，手執銅刀，解開他的襯衣，他掙扎著一跳，使自己甦醒過來，可是總也跳不起來，這時他想到了晚上喝的咖啡，就像古城中的一樣，有著麻醉藥性。

不知過了多久，他才漸漸醒來，想到昨夜的夢，真太可笑了，如果真是一個惡徒，為什麼他會饒過我，不刺向我的咽喉呢？

他喚進華克達來問道：「昨晚的咖啡是哪裡來的？」

答道：「和別的菜一樣，由大堡中送來的。」

「你可曾喝過？」

「哪裡，我一點也沒有喝。」

「還有剩下的嗎？」

「因為你說這咖啡不好，所以我把它倒掉了。」

羅蘋道：「預備汽車。」

羅蘋想再去會見夫人，但去見她之前，須得先解決了幾個難題再說。那派往古城去的紫齊西也有消息傳來。

不多時，他已到達大公國，先去會見了伯爵翁特，請他把代表委員赴古城調查的日期延緩幾日。吩咐完畢，便到一家旅館裡會見了紫齊西。

紫齊西領他到一所屋子裡，見了一個人，這人在市公署裡服務，是專管人事登記的。三人談了好久，又到市公署去一次。

七點鐘用了晚飯後，羅蘋又乘汽車趕回勃萊堡，想去見羅伊，再由她領到夫人那裡去，哪知不見羅伊，向婢女們一問，才知道她接到祖母的快信，回巴黎去了。

「那麼我要會見夫人。」

婢女答道：「夫人已經睡了。」

羅蘋道：「她房中還沒有熄燈，一定還可以會見。」

他不等婢女通報，一逕走到夫人的臥室門前，叫道：「夫人，我有要事見妳，可否讓我進來。」說完便毫不客氣地一旋門柄推門進去，忽然聽到一個奇怪的聲音。

羅蘋推門進去，見夫人坐在躺椅裡，懶散地道：「什麼事？羅蘋，可否明天再說？」

羅蘋覺得有一股菸草味，心中起疑，當下想到大概有什麼人在屋內，看他進來，便躲到什麼地方去了，是呂亞賽嗎？不對，呂亞賽不愛抽菸，那是誰呢？

夫人催問道：「有什麼事，請快些說吧！」

羅蘋道：「夫人，在我講話之先，妳得先回答我，有誰躲在室內……哦，問妳也無益了，我現在要報告妳一件新發現。」說時放低了聲音，說道：「我昨天到海屯市去調查了一次麥爾格的戶籍，這家的最後戶主，有三個孩子，長子叫麥爾格沙鳴，假名是亞列特男爵。」

夫人道：「這些前天你已講過了。」

羅蘋仍接著道：「次子就是這神秘的殺人犯麥爾格林亞，最近幾天內，他將要處死刑了。」

夫人點點頭，羅蘋又道：「最小的便是瘋女雪珠。」

羅蘋湊近夫人的身體道：「誰知這戶籍冊上一個孩子的名字，有著塗改的痕跡，那麥爾格林亞幾個字是新近寫上去的，舊有的字跡還沒有完全抹去，於是我用了特殊的技術，發現了那個舊名字，說來很怪，妳知道嗎？那是……」

夫人急忙止住道：「別說，別說！」

誰也料不到這句話會引起夫人莫大的恐慌，羅蘋卻覺得愈是如此，愈要問個明白，於是柔聲問道：「那麼改這戶籍冊上的名字，是什麼用意？」

夫人道：「這是先夫仗了金錢的勢力，買通了管理戶籍的人，把孩子的名字照著先夫的意志改了。」

羅蘋道：「但是女的改為男的呀！」

夫人道：「是的。」

羅蘋道：「那麼我的發現不會錯了，那塗改前的原名乃是雅莉，但是妳的丈夫為什麼……」

只見夫人面帶憂色，眼淚慢慢地流了下來，說道：「我是瘋女雪珠的姊姊，又是惡徒亞列特的妹妹，先夫和我訂婚之後，覺得我的兄妹十分不好，於是把戶籍冊上的麥爾格雅莉改做麥爾克林亞，又把我另外改了戶籍，叫做安謀蘭雅莉，然後再和我結婚。」

羅蘋聽她說完，沉思了一會兒，道：「我明白了，那麼這殺人犯麥爾格林亞是虛有其人，但殺死你丈夫兄妹的那個凶犯，總得有個姓名的，他又叫什麼？」

夫人道：「叫麥爾格林亞，他是真正的殺人犯。你不見我指明他是凶犯時，他一句話也不辯駁嗎？他才是手拿鋼刀殺人不怕血腥氣的惡魔，唉，倘我……」

說到這裡，她一陣嗚咽，倒在椅子裡，羅蘋過去撫著她的額角，她害怕地說道：「請保護我，不要拋棄我，像我這樣不幸的人，只有你能體會我的苦痛。」

這時羅蘋瞧著她的神情，又有些著迷了。眼前又見那全身黑色的怪物麥爾格林亞出現，繼而一想，他現在正在巴黎中呻吟著，怎會到這德國來，後來又覺得可笑了，他想自己一生沒有覺得牢獄能束縛人，那惡徒既和我同樣，難道他不會扭斷鐵鏈逃出來嗎？也許那森特監獄裡的死囚，乃是麥爾格的替死者，他自己卻已潛入這勃萊堡中來了，他潛入我的堡裡，舉利刃向我行過刺，又向夫人恐嚇過，捉住她的什麼把柄，使她變成瘋子一般。這人一心要把卡世白夫人從我手裡奪過來，使她再嫁給呂亞賽，把大公爵的權勢和夫人的財產歸他一手把握。可是他昨夜為什麼不把我害死呢？這個可有些難以解釋了。

這時夫人苦笑道：「對不起，我要睡了。」

羅蘋站起來道：「請安睡吧，明天我再來看妳。」

羅蘋退了出來，走到樹蔭下，回顧夫人的樓上燈火還亮著，再過了幾分鐘，全堡已被黑暗包圍，羅蘋還是等著，他想倘若麥爾格那傢伙躲在堡中，那麼總會在什麼時候出來的。

一小時，二小時，總是不見動靜，心想也許要失望了，莫非在堡中有什麼地室嗎？或者從暗道裡溜走了。

想到這裡便不願再等，吸著香菸，回小堡去了。忽見一個人影一閃，這人影越過園徑，沒入黑暗中去。瞧模樣很像那個麥爾格林亞，心道：「明天便得捉住他。」

羅蘋喚醒司機道：「華克達，有勞你立刻開汽車到巴黎去，大約明天上午六點鐘可以趕到，你找著紫齊西，叫他做兩件事：第一，叫他去看看監獄裡死囚怎樣？第二，我現在交一封電報給你，叫紫齊西等明天電報局一開，便把這電報拍給我。」

說完便在紙上寫了幾行，交給司機道：「事完之後，你立刻趕回來，不過這次去須十分秘密，不能給任何人知道，回來時須由後面的小路回來，知道了嗎？」

三十三　真相

次日早晨，華克達趕回來，對羅蘋道：「一切都已辦妥，那電報不久便可來了。」

羅蘋道：「那死囚怎樣？」

答道：「仍在獄中，昨夜紫齊西趁獄卒走開時曾去看過一次，見他還呆呆地等候著死神的降臨。」

羅蘋聽說，心下十分爽快。一會兒，一個人從大堡裡送來一封電報，羅蘋接來假意一讀，便塞入袋裡。

午後，在園中遇到了親王呂亞賽，便道：「我有一件極重大的事要問你，你得老實答覆我，你到堡中以來，除了兩個德國下人外，可曾瞧見或覺得有另一個男子在？」

呂亞賽道：「沒有。」

羅蘋道：「這裡真的躲著一個男子，他的目的不得而知，你且留意著吧！」說完巡自去了。

呂亞賽正在回味這些話時，忽見草地上有一片紙片掉著，拾起一看，乃是一封電報，接收者寫著亞森・羅蘋的託名馬納培，於是讀道：

「其中真相已完全明白，一言難盡，今夜即乘火車起程，準明晨八時在蒲而根車站相見吧！」

這時羅蘋看似走了，實則躲在草堆裡偷看著，見呂亞賽拾起電報，暗喜道：「不消幾分鐘，這色鬼便要把這事去告訴夫人了，那躲著的人，也將由此得到這電報中的消息，我的計畫將在今晚告捷。」

他回到堡中，對司機道：「華克達，我要睡了，你得睜大了眼睛守候到我醒來。」說完，便睡過去了。

等他醒來時，已是傍晚。

進了晚膳，查驗手槍子彈，對華克達道：「你今天到大堡去進晚膳，並且在席間，你得裝做無意地說出今夜要到巴黎去。」

華克達道：「可要說和你同去？」

羅蘋道：「不必，到晚間，你便裝做出去的樣子，只消出了院子，在半里路遠近的地方等我，也許時間很長，你得耐心等候。」

吩咐完，便吸著菸到外邊去，走過大堡前，見卡世白夫人的臥室裡有著燈火，一會兒，已是十一點半了，便進入臥室裡，故意開了一半窗，在枕下放了手槍，也不換衣，和衣倒下睡了。

村中的大鐘敲響十二點鐘，一點鐘，二點鐘了。忽然附近起了一些細微的聲音，像有人撥開葉子的樣子，但細得幾乎聽不見，不一會兒已由遠而近直到窗下了，羅蘋聚精會神地等候著，這時四下十分黑暗，伸手不見五指，只有窗裡有一線微光。只見一個影子從窗口裡進來，一步步地挨近床前，不一會，那人已到床前，大約在找下刀的位置。

羅蘋聽那人的呼吸聲十分紊亂，見他慢慢地舉起刀，但像前天一樣躊躇著不敢下手，羅蘋發出洪鐘似的聲音道：「快些！為什麼不立刻刺下來呀？」說時一把拉住凶手的臂膀，從床上跳了下來，緊緊地叉住凶徒的咽喉。

這時羅蘋不像平常那樣，捉到罪犯時先要嘲弄一下，今天他只想一看凶徒的面貌，想明白這人可是麥爾克林亞。

那凶徒像失敗了的狗，兩手下垂，刀也掉在地上。羅蘋抽出了一隻手，摸出電筒，對著那人的面孔一照，羅蘋不瞧則已，一瞧之下，不禁驚呼起來，原來行刺他的凶手不是別人，竟是喬裝成男子的卡世白夫人雅莉。

亞森・羅蘋全身的血液頓時停止，四肢發僵。許久才平復過來。心想夫人的舉動，也是情有可原，她父親是個酒徒，母親又是瘋子，她當然也免不了帶一點瘋性，她狡猾的舉動雖很可恨，但也有使人驚嘆的地方，羅蘋細想了一會兒，便把凶徒做這事的順序，像電影一般地映了出來。

卡世白夫人探知丈夫在找尋親王呂亞賽，便想和呂亞賽結為夫妻，使自己成為大公妃，重回故土。當卡世白氏在公園旅館時，她已躲在旅館裡她哥哥的房間中了，一面卻仍裝做逗留在蒙介而。

她每夜喬裝成男子去窺探丈夫的行動，一次，她的機會來了，卡世白恰恰被強盜綁在椅子上，她就把她的丈夫殺死，事後她發覺自己的菸盒失蹤了，怕露出破綻，便把撿到盒子的茄曼殺死；她又知秘書瓦馬能說出這盒子的主人來，所以也把他在哥哥房中害死。事畢用電話通知蒙介而的兩個婢女得珠和茜珠，命她們託言夫人仍在那裡，實際上用得珠做她的替身。

後來兩個婢女到了巴黎，她便改換行裝，混入眾人之中，裝做才到這裡的樣子，得了丈夫噩耗，便做出肝腸寸斷的樣子來，表情之逼真，難以用言語形容。之後她便定下作戰計畫，和羅蘋鬥爭，先襲擊扮成能特刑事科長的羅蘋，其次和蘋羅薩公爵作戰，白天她做出悲痛的樣子，到太陽一下山，她便命令兩個婢女充當探子。

她揭去蘋羅薩公爵的假面具，又在警署裡告密，把羅蘋打入監獄，殺死亞列特，溺斃哥培警佐，毒死妹妹雪珠，刺死伊南百老人。得珠和茜珠的突然失蹤，多半也是她殺了滅口的。

羅蘋想到這裡，忽覺得手觸著了一塊冰，仔細一看，原來夫人被他叉死了，急忙呼叫華克達，卻忘了司機不在這裡，一心要什麼人來幫忙救醒她，然而雅莉已經沒有氣息，難以活命了。

羅蘋呆呆地望著那香消玉殞的卡世白夫人，一會兒，太陽從地平線上透出來，照到那具死屍上，羅蘋把夫人的眼睛閉上，又拿布遮住她的嬌臉，心下頓悟道：「她既已死去，自己應該快快地行動才是。」

於是他搜檢夫人的身體，見衣袋裡有一本日記簿，中間夾著一封信，抽出來一看，乃是伊南百老人的遺書，上寫：

「那可怕的秘密，趁我有著這一口氣時，須要公布了，殺死我老友卡世白君的兇手，其實是他的夫人，她本名叫麥爾格雅莉，是亞列特的妹妹，雪珠的姊姊，ＭＬ即是指她，因她丈夫在時，並不叫她雅莉，而呼她莉雅。這是因他同族中死了一個婦人，也叫雅莉的緣故。

「卡世白贈給她的東西上，都有ＭＬ兩個字，卡世白知道他夫人很喜歡菸草，所以送她一個菸盒，就是茄曼撿到的那個。我本想早點說出凶手的姓名來，可是為了老友的名聲，所以只能閉口不言。我在裁判所裡會見這久別的夫人時，她看我的眼光，宛如死神一般，我自知將死在她的手中，所以在未死前，先說明了這個秘密。」

羅蘋看完，一切都明瞭了。他再翻了幾頁簿子，見上面寫著冬雪、戴密首、大麵包、煙管葉奇怪的綽號，後又發現一張照片，羅蘋拿來一看，急忙丟了小簿子，奔了出去，叫著呂亞賽，道：

「這裡有的是錢，我命你在半點鐘內散去僕人，在這所堡內不許任何一個人住著。夫人有要事，乘了我的汽車出門了，我現在也得到那邊去，在我回來之前，你不許進這屋子，拿了鑰匙在村梢等我吧！」

吩咐完畢，便急急地趕到華克達等候的地方，跳上汽車，叫道：

「往巴黎。」

三十四　了結

羅蘋為什麼要急急地到巴黎去呢？原來他在日記簿裡瞧見的照片，正是死囚麥爾格林亞！

他想處刑就在明天，現在立刻趕去，還有救他性命的希望。所以他跳上汽車後，立刻命華克達加快速度，但羅蘋仍嫌慢，於是自己駕駛，拚命地開著快車。

華克達道：「首領，這會有生命危險的。」

羅蘋道：「若是枉死一個囚犯，會鑄成大錯的。」

他心裡想著夫人的巧計真是妙極，可是剛要成功的時候，又被我撞破了。她早知道我不得到真犯和秘密信件，是不肯干休的，所以她製造了一個犯人出來，這莫卡・林特究竟是何等樣的人呢？也許是夫人少女時代就結識的，她注意這人的個性怪僻，常在晚間出外，恰恰又叫莫卡・林特，和她ＭＬ的縮寫字相同，只消改變一個便行了，於是她要求丈夫改戶籍，換了個男名林亞，這麼一來，L這個字也湊上了。

事後又命黨徒在尼亞街五號的院子裡，對著隔牆的馬棚造了一間小屋，便造成了陷害林特的鐵證，再從自己口裡說出冬米納的住所，由冬米納說出七個同黨的巢穴，使我把這黑衣人莫卡・林特誤認為罪犯麥爾格林亞。我一時也迷了心竅，把他送交警署，如今死罪已經定下，叫我怎樣去搭救他呢？

羅蘋向前面一看，問道：「那邊是什麼？」

司機道：「停著幾輛鐵路馬車。」

羅蘋道：「不管他，撞過去再說。」

司機為難道：「撞了不但有危險，仍是通不過呀！」

羅蘋不管一切，直向馬車撞去，只聽得「轟」一聲，撞碎兩輛馬車，自己也從車裡跌了出來。

他不顧華克達的生死如何，自己又跳入一輛汽車裡，叫道：「給你二十元，替我開往內務部去，須得開足馬力，撞倒路人，由我負責。」

於是汽車閃電似的開去，居然一無阻礙地通過了。

到了內務部，便從簿子上扯了一張紙片下來，寫了公爵蘋羅薩幾個字，叫來一個人道：「你可還認識我？我便是亞森・羅蘋，你這個差事也是我給你找的，不是嗎？現在我有一樁要事要見總理，這是我的名片，你替我去稟報一聲。」

此人去不多時，那內閣總理兼內務總長戈立麥從辦公室裡探出頭來道：「有請蘋羅薩公爵。」

羅蘋關上門，搶先說道：「我此來乃是為了那死囚麥爾格林亞，總理，他是無罪的，真正的犯人，是卡世白夫人，她已經死了。我已有確切的證據。請你快快中止這次死刑的執行，重新審問，真的，不能遲疑了。」

戈立麥聽完羅蘋的話後，不發一言，從桌子上拿起今天的報紙來，指著一段新聞道：「你自己讀吧！」

羅蘋接來讀道：「斷頭臺上的怪人，驚動民眾的卡世白案凶手，麥爾格林亞，已在今晨七點五十分時就刑，陰魂已到地府裡去了……」

羅蘋讀到這裡，已沒有勇氣再看下去了，一陣頭昏，倒在總理的椅子裡了。

羅蘋醒來時，只見戈立麥正把冷水灑向他的臉上，又聽得他道：

「你醒了麼，那很好，我且告訴你，你對案情還是什麼都別說了吧，那麥爾格的有罪無罪，我也不能斷定他，現在你再要挽回這錯事，將來只會引起更大的波折，如今他已就刑，卡世白夫人也死去，一切都終結了，社會上對於此案的判決已很滿意。」說時，把羅蘋推出門外道：「所以你還是走吧，你得去收拾夫人的遺體，使她的犯行不要留下一點痕跡。」

羅蘋出了門，心裡萬分不願意，一路上他像呆子一樣，機械般地用了餐，買了票，上火車。在車中也是不發一言，直到車子抵達蒲而根火車站。

他下了車，吸得了新鮮的空氣，精神才振作起來，頭腦也頓時清楚。

他想自己不能再遲疑了，須得趕緊行動才是，雅莉的死對自己是有益的，倘她愛著呂亞賽，自己的行事倒會發生阻礙，如今她一死，自己又可照著以前的計畫使他和羅伊結婚，再去掌握大公國，自己也可以償願了。

想到這裡，便大步走到勃萊堡外，在呂亞賽住著的旅店裡一問，據說呂亞賽自昨天午餐後出去，到現在沒有回來過，是向堡那邊去了。

羅蘋暗想這可壞事了，我昨天臨走時，不是鄭重囑咐他不可進堡的嗎？於是急急到堡前一看，見大門開著，便跑進去大聲呼著呂亞賽，但沒有人答應。

他想到了呂亞賽正在愛著夫人，也許到小堡裡找夫人了，倘真是這般的話，那可糟了，夫人的遺體正在小堡裡，於是慌忙地趕進小堡，踏進自己的房間，不覺立刻停住了，原來呂亞賽已吊死在天花板下。

羅蘋一瞧這個情形，心裡有千萬條失敗的蛇向他亂鑽著，他發狂似地笑了一陣，便也暈倒在夫人的身邊了。

一小時後，羅蘋蘇醒過來，現在他神智已稍稍復原，在園子裡散了一回步，時值正午，他便回到臥室裡，解下呂亞賽的屍首，說道：

「可憐的笨蛋，你命中註定該吊死，所以終於死在繩圈裡了，也是我選人不當，把終身的命運託付了你，到如今弄得一敗塗地。」

說到這裡，忽然想起卡世白夫人的日記簿來，那第二冊昨天沒有時間看，今天有機會，儘可一看，於是重又拿來一看，見裡面夾著一疊書信，不覺大驚，原來這就是那秘密信件，和交給翁特伯爵的完全一樣，他暗道：

「難道她又從伯爵那裡盜來了嗎？不錯，我那時交給伯爵的是贗品，這個才是真的，卡世白夫人拿了這件東西，預備將來要挾德國皇帝，我雖上當在前，但莫大的幸福卻也隨之而來了呀！」

於是他把兩個屍首放在一塊，又用紙寫了幾行字：

「我一切的勝利都變成了失敗，命運之神也太作弄我了，加之我親愛的她也已死了，我還有什麼生趣呢？亞森・羅蘋。」

寫完，便把它塞入一個瓶裡，丟在窗外一個石臺裡，再到後面取了些火油和引火之物，放起火來，自己跳過牆，向後一看，見已滿天火紅，暗道：「妙極，快燒。」

村中人見到火光來救火時，所能看見的，便是兩個屍首和石臺裡的一張遺囑。

「哈哈，羅蘋已經完了，聰明的村中人，你們可以草草下葬，不必用盛大的典禮，但墓碑卻要刻出『亞森・羅頭之墓』的字樣啊！」

羅蘋到巴黎，在旅店裡住了一星期，寂寞得很，於是他走到慈善學校，會見了黑西夫人。

老夫人一見羅蘋，吃驚道：「你，你不是死了……」

羅蘋含笑道：「我沒有死，我此來有重要的事來見羅伊。」

老夫人怒道：「住口！我不許你再和她接觸，她身體現在還沒有復原。你如果一定要見她，那麼先殺死我，從我的屍體上走過去吧，或者你先把對她說的話說給我聽，那時我再看情形決定。」

羅蘋道：「我要對她這麼說：羅伊呀，妳那死去的母親，曾託我付給妳榮耀財勢，我今天不過要請她幫我一個忙罷了。」

老夫人道：「什麼忙？」

羅蘋道：「帶她到外國去，倘妳願意的話，同去也無妨。」

老夫人道：「你真的以後要和羅伊同甘共苦嗎？」

羅蘋道：「正是。」

這時羅伊正在院子講故事給小孩子們聽，一面問他們問題，她每次得到回答，便對那個小孩親密地吻了一下。

羅蘋從窗中瞧得呆了，老夫人道：「你自己叫她進來吧！」

羅蘋聽得這話，心下一動，想到了她那已死的母親，不禁身子一軟，倒在椅子裡，淚如珍珠斷線般地掉了下來。

老夫人一見，心中已有八分明白，便道：「那女孩子是你的親生孩子嗎？」

羅蘋哭喪著臉道：「正是，奶媽，她實在是我的親生女兒。」

三十五 尾聲

在義大利的西海岸，南不爾斯灣的南口，有一個介百里島，島上村市中，兩邊擠著義大利的騎兵，正中讓出一條路來，那德國皇帝帶了侍從，騎著驢子，直向市外的碧濤閣進發。

半小時候，他們到了高坡的中途。這坡有千尺以上的高度，全由大岩石疊成，下臨海面，據說從前有個暴君把死犯由這裡丟下海去。

皇帝進了碧濤閣，翁特伯爵道：「上面住著一個隱士，上面的風景比這裡更好。」

皇帝便道：「那麼再上去。」說完，便走出閣來，恰見那隱士從極險的山路上拿著簽名簿下來，走到皇帝面前，把簿子呈上，道：「請陛下署名，並寫下遊玩的日子，此外不妨隨意寫些什麼。」

皇帝接過提筆來正想寫，忽然侍從們大叫道：「陛下，快站開！」

皇帝抬頭一看，見有一塊大岩石飛落而下，隱士把皇帝一抱，跳出一丈以外去，大石也跟著落在皇帝剛才站立的地方，把一塊平石打得粉碎。

皇帝握了隱士的手，感謝道：「今天若沒有你，我……請問你尊姓大名？」

隱士道：「今天能和你握手，已是很光榮了。」

皇帝聽後，吃了一驚，對侍從們道：「你們暫且退下，我要和他談一談。」侍從們退去後，皇帝問道：「你怎麼在此，為什麼到這裡來？」

羅蘋道：「我且一件件的告訴你，先前由翁特伯爵呈進來的秘密信件不是真的，麥爾格林亞不是真的罪犯，真的凶手乃是卡世白的夫人雅莉，現在雅莉已死，那真的信件也由她藏著，我已帶到這裡來了。」說完便呈到皇帝面前，皇帝接來塞入懷中。

這個隱者不是別人，正是亞森・羅蘋。

皇帝向他點了點頭，自顧自去了。羅蘋見皇帝走後，暗道：「我這套把戲倒沒有被人揭穿，那大岩石是被我挖鬆的，恰恰落在皇帝的頭上。」

他走到頂上廟中，那真的隱士被他綑在地上，便過去把他放了下來，對他道：「辛苦你了，但你已得皇帝的信任，成為他的救命恩人了。」

說完便走下山崖，穿過碧濤閣，走到臨海的一個欄杆邊，跨上去道：「亞森・羅蘋，你的末日到了，你現在快跟呂亞賽、卡世白夫人、莫卡・林特一樣魂歸天國，別記起這無窮恨吧！」

說完，撐開雙手，向著碧綠的水面跳了下去。

非洲北部柯西爾加士城領地軍營的營房裡，有一個副官正在看報，窗前兩個士兵，正在用法語開玩笑。

這時門外走進一個人來，副官一見怒道：「你是什麼人！為什麼不通報就進來了？」

那人道：「為了軍事來的。」

副官道：「你要從軍？」

那人對副官道：「我是公爵賈南密，西班牙人，現在正有開向摩洛哥的軍隊，我很愛法蘭西，所以自願從軍。」

副官踱著方步出去了，那人坐在副官椅子裡道：「好不容易跳入海中，卻又被浪頭打了上來，也是我命不該絕，就讓我去做摩洛哥兵的槍下鬼吧！」

說話的不是別人，正是**亞森・羅蘋**。

請續看《新編亞森・羅蘋》之5 怪客軼事

新編亞森・羅蘋之4 奇案密碼

作者：莫理斯・盧布朗
譯者：丁朝陽
發行人：陳曉林
出版所：風雲時代出版股份有限公司
地址：10576台北市民生東路五段178號7樓之3
電話：(02) 2756-0949
傳真：(02) 2765-3799
執行主編：朱墨菲
美術設計：吳宗潔
行銷企劃：林安莉
業務總監：張瑋鳳

初版日期：2022年12月
版權授權：胡明威
ISBN：978-626-7153-41-3

風雲書網：http://www.eastbooks.com.tw
官方部落格：http://eastbooks.pixnet.net/blog
Facebook：http://www.facebook.com/h7560949
E-mail：h7560949@ms15.hinet.net
劃撥帳號：12043291
戶名：風雲時代出版股份有限公司

風雲發行所：33373桃園市龜山區公西村2鄰復興街304巷96號
電話：(03) 318-1378
傳真：(03) 318-1378
法律顧問：永然法律事務所 李永然律師
　　　　　北辰著作權事務所 蕭雄淋律師

行政院新聞局局版台業字第3595號 營利事業統一編號22759935

定價：280元

國家圖書館出版品預行編目資料

奇案密碼 / 莫理斯.盧布朗著. -- 臺北市：風雲時代出版股份有限公司, 2022.10

面；　公分. -- (亞森羅蘋經典全集；4)

ISBN 978-626-7153-41-3 (平裝)

876.57　　111012797